KB103544

우리는
천천히 오래오래

우리는
천천히 오래오래

백신애와 최진영

작가
정신

소
설

잇   다

이 책에 대하여

'소설, 잇다'는 최초의 근대 여성 작가 김명순이 데뷔한 지 한 세기가 지난 지금, 근대 여성 작가와 현대 여성 작가의 만남을 통해 한국 문학의 근원과 현재, 그리고 미래를 바라보자는 취지에서 기획한 시리즈입니다.

이 시리즈의 가장 큰 특징은 강경애, 나혜석, 백신애, 지하련, 이선희 등 활발한 창작 활동을 이어나갔으나 충분히 회자되지 못한 대표 근대 여성 작가들의 주요 작품을 오늘날 가장 사랑받는 현대 작가들을 통해 새롭게 바라본다는 것입니다. '소설, 잇다'는 해당 작품들의 의의를 다시 확인하고, 풍요로운 결을 지닌 현대 작가들의 소설을 통하여 문학사적 의미를 되살릴 뿐만 아니라 읽는 재미까지 더하고자 합니다.

이로써 근대 작가들을 지금 우리와 함께 살아 숨 쉬는 동시대적인 인물로서 불러내고, 그들이 선구적으로 제시했던 문제 제기를 환기하고 되새기며, 더불어 현대 작가 작품의 가치와 의미를 확인하는 것이 목표입니다.

백신애는 식민지 조선의 구속된 여성들의 삶을 여성의 언어로 그려냈다는 평가를 받는 작가로, 대표작 「광인수기」, 「혼명에서」, 「아름다운 노을」 등에서 그 주제 의식이 잘 드러납니다. 최진영은 제13회 백신애문학상 수상자로 여성, 비정규직, 실업 청년 등 사회적 약자들의 목소리에 귀 기울여 인간답게 살아가는 삶에 대해 고민해왔습니다. 백신애가 그 시대에 말해지지 못했던 소수자들의 개별적인 삶과 욕망을 핍진하게 그려내는 방식은 최진영이 여러 소설을 통해 주변부 소외된 인물들의 정체성을 복원하는 방식과 닿아 있습니다.

백신애는 가부장제와 식민지 체제라는 이중의 억압을 받았던 '극한의 상황'에서 글을 썼습니다. 그리고 그로부터 백 년 가까이 시간이 지났습니다. 어떠한 고난에도 굴하지 않고 글을 썼던 백신애와 꿋꿋이 자기 삶을 찾아가는 사람들의 이야기를 전했던 최진영은 '믿을 수 없이 큰 사랑의 힘'을 선택했습니다. 백신애와 최진영이 그려낸 '사랑의 연대'가 독자분들에게도 오롯하게 가닿기를 바랍니다.

편집부

차례

일러두기

* 모든 작품은 발표 당시의 것(신문, 잡지 연재본)을, 연재 미확인 작품은 출판사 발행 초판본을 저본으로 삼았고 출처는 본문의 마지막에 명기했다. 또한 발표 연대별로 작품을 수록했다.

* 본문은 현행 한글맞춤법과 외래어표기법에 따랐으나, 작품 분위기에 영향을 주는 구어체 표현, 방언, 의성어, 의태어 등은 최대한 원문을 살렸다.

* 원문의 문장부호 표기는 현행 표기에 맞게 고쳤다. 대화와 인용은 " ", 생각과 강조는 ' ', 책 제목은 『 』, 글 제목은 「 」, 잡지와 신문의 이름은 《 》, 영화, 연극, 노래 등은 〈 〉로 통일했다.

* 원문의 한자는 가급적 한글로 바꾸었고, 작품 이해를 위해 필요한 경우에는 한자를 병기했다.

백신애

깡마른 몸에 두 눈만 커다랗게 붙었다고 해서 '눈깔이', 열네 살까지 성냥을 못 긋고 우물 근처만 가도 무섭다고 울어서 '겁쟁이'라고 불렸던 아이. 소녀는 훗날 일제의 압제에 대항하는 항일 여성운동가가 되고, 밀입국해 시베리아를 모험하는 방랑가가 되며, 도쿄의 무대에서 체호프의 연극을 공연하는 배우가 된다. 그리고 가난에 신음하는 하층민의 삶에 눈과 귀를 열고, 봉건적 인습에 속박된 여성들의 현실에 날선 목소리를 내게 된다. 작가가 된 것이다.

백신애는 대구 영천 지역 거상 집안의 외동딸로 태어났다. 어려서부터 병약하여 한문과 일본 중학 강의록을 독선생에게 배웠다. 홀로 『소학』 『중용』 『대학』 등을 익히는 와중에도 오빠가 읽고 버린 탐정소설에 빠졌으며 고대소설이라면 보이는 대로 섭렵했다. 1923년 경북도립사범학교 강습과에 들어가 수학하고 1924년 영천공립보통학교에 들어가 교원 생활을 했다. 조선여성동우회, 경성여자청년동맹 등 사회주의 여성단체에 가입하여 열렬히 여성운동을 시작한 때이기도 했다. 1926년 가을, 오로라를 보겠다고 감행한 시베리아 방랑은 "블라디보스토크 밀입국, 검거, 유치장 감금, 추방"으로 요약된다. 우여곡절 끝에 오른 귀국길에서 그는 일경日警에 체포되어 혹독한 고문을 받았다.

"내 마음은 항상 문학에 가 있었다"던 백신애는 스무 살 무렵 《조선일보》 신춘문예 현상 공모를 보고 하룻밤 동안에 휘갈겨 쓴 단편 「나의 어머니」를 응모하여 당선된다. 신춘문에 사상 첫 여성 당선자였다. 이후 일본 유학길에 올라 니혼대학 예술과에서 문학과 연극을 공부하고, 식모, 세탁부를 거치며 근근이 버티다 귀국했다. 외동딸로서 부모의 기대를 저버릴수 없었던 그는 1933년 봄에 결혼을 한다. 소설을 다시 쓰기 시작한 것은 이 무렵이다. 1938년 5월 남편과 별거에 들어가기까지, 이 시기에 집중적으로 글을 발표했다. 1939년 서른한 살의 나이에 췌장암으로 시한부 판정을 받은 이후에도 계속 글을 썼다. 5년여의 길지 않은 시간 동안 소설 20여 편과 수필 및 기행문 30여 편의 작품을 남겼다.

늘 다른 곳을 꿈꾸고, 다른 삶으로 건너가는 데 주저함이 없었던 백신애의 걸음걸음은 그 발자취를 기억하고 따라가는 것만으로도 용기를 준다. 그가 남긴 작품들은 격렬한 산화 끝에 발산한 빛처럼 여전히 환히 우리를 비추고 있다.

소설

*

광인수기 狂人手記

아이고.

비도 비도 경치게 청승맞다.

이렇게 오면 별것 없이 흉년이지 뭐야.

아이 무서워라. 또 큰물이 나면 어떡해요. 그
싯누런 큰물 아이 무서워.

글쎄 하느님! 제발 덕분에 비를 조금 거두시
소…… 그래도 안 거두시네!

허허 참, 사람 죽이는구나. 글쎄 이 얌뚱마리*
까지고 소견머리가 홀락 벗겨진 하느님아 내 말씀
들어봐라.

이렇게 자꾸 쓸데없는 물을 내리쏟으면 어떻게
하느냐 말이다. 큰물이 나가면 다리가 떠내려가고

* 얌통머리. '얌치'를 속되게 이르는 말.

사람이 빠져 죽고 별일이 다 생기지요. 또 흉년이 지면 두말없이 백성이 굶어 죽지요…… 하나도 이익이 없는데 왜 그렇게 물을 내리쏟는가 말이오!

아이, 아이고 무서워라. 하느님이 제 욕한다고 벼락을 내려칠라. 히히히! 벼락이라니. 나는 암만 욕을 해도 마음속으로는 당신을 그리 밉게 여기지는 않는다오. 용서하시소.

아니다, 네 이놈 하느님아. 에이 빌어먹을 개새끼 같은 하느님아, 네가 분명 하느님이라면 왜 그악하고 악한 도둑놈의 연놈을 그대로 둔단 말인고. 당장에 벼락 천둥을 내려 연놈을 한꺼번에 박살을 시킬 일이지…… 아니올시다. 아이 무서워, 아니올시다. 거짓말이올시다. 일부러 하는 말이올시다. 그 연놈이 죄가 있을 리 있는가요. 다 내 팔자지요. 부디부디 벼락은 치지 말고 잘 살도록 해주시소.

하하하! 웃기는구나.

우스워서 죽겠네!

저 빌어먹을 낮잠 잘 하느님은 저를 위해주고 겁내 하면 할수록 점점 더 건방이 늘고 심술이 늘어가더라.

나를 영 사람으로 여기지 않더라.

내가 모두 팔자로 돌리고 좋으나 궂으나 좋다고 만 하니까 아주 나를 바보로 아는 모양이지, 이 지 경을 만드는 것을 보면……

아이고 아이고 흑흑……

하느님, 당신을 욕하면 무엇 하는가요. 당신도 이미 빤히 내려다봤으니 알 일이지마는 내 말을 다시 한번 들어보소.

거짓말할 내가 아니지……

아이고 추워라. 오뉴월 무덕더위라고 한창 더 울 이때에 빌어먹을 비 까닭에 이렇게 추운 것이 지……

아이참, 그놈의 다리는 경치게도 높다. 조금만 더 낮았다면 비가 조금 덜 들이칠 텐데, 아이 이것 도 내 팔잔가……

어떤 연놈은 팔자 좋아 시원한 집에서 더우면 전기 부채 틀어놓고 비가 와서 이렇게 추워지면 안방에 따뜨무리하게 불을 때서 반드라시* 드러 누워 남편 놈과 우스개 놀이나 주고받고 하지마

---

* 방정맞게 드러누운 모양새.

는……

그뿐이겠나. 뭐 또 맛있는 것 사다 놓고 먹기 싫도록 처먹어가면서……

아따 참, 그 빛 좋은 과실 한 개 먹어봤으면…… 아이고, 생각하면 뭣 하나, 왜 이렇게 추운가. 옳지 바지가 이렇게 떨어졌구나.

아이고, 이것이 말이 저고리지 걸레나 다름없지 뭐……

아이고 아이고 흑흑……

오뉴월 궂은비는 처정처정 청승맞게 오는데 이 떨어진 옷을…… 이것이 옷인가? 걸레지. 벌벌 떨며 이 다리 밑에 혼자 쭈굴시고* 앉았으니 거러지나 다름없지…… 벌써 해가 졌는가…… 왜 이리 침침하노. 대체 구름이 끼었으니 해가 졌는지 있는지 알 수가 있나.

사람의 새끼라고는 하나도 없구나.

아이고 비는 몹시도 들이친다.

하느님아! 할 수 없구마. 당신하고 나하고 둘이서 이야기나 합시다.

* 쭈그리고 앉다.

그때 말인가요?

내 나이는 열일곱 살. 그이 나이는 열여덟이었지요. 그이가 나에게로 장가들게 되는 것을 아주 기뻐한다고 중매하던 경순이네 할머니가 나에게 말해주더군요. 그래서 나도 속으로는 은근히 좋아서 어서 혼인날이 왔으면 싶어서 몹시 기다렸지요. 그럭저럭 혼인식도 지내고 첫날밤이 되었지요. 히히히. 참…… 히히히, 무척도 부끄럽더라.

문밖에서 모두들 들여다보느라고 킥킥거리며 웃는 소리가 들리기도 하는데 그이는 부끄럽지도 않던지 온갖 재롱을 다 부리겠지요. 참, 술잔을 따라서 나에게 자꾸만 받으라고 조르겠지요.

"색시요, 이 술잔 받으시오. 어서어서."

하며…… 그렇지만 내가 얼마나 얌전한 색시였다고 덥석 손을 냈을 리가 있는가요. 어림도 없었지요, 암!

아주 쪽 빼물고서* 홋들치고** 앉아서 곁눈 한 번 떠본 일이 없었지요. 히히히.

* 입을 뿌루퉁하게 다물다.
** 작정을 하고 앉은 모양새.

그래도 신랑 얼굴이 얼마나 잘생겼는지 보고 싶은 마음이야 어찌 다 말할 수 있소. 그래 그이는 권하다 못하여 한 손으로 남의 손목을 슬쩍 잡아당기겠지요.

"자, 술잔 받으시오."

하며……

그때 나는 손을 빼틀처* 움츠리며 얼른 한번 훑겨보니 머리는 빡빡 깎았지마는 우뚝한 코, 얌전스런 입, 눈도 그리 밉지 않게 생겼고, 눈썹이 새까만 것이 아주 맘에 쏙 들며 가슴이 짜릿해지고 어떻게 새삼스럽게 부끄러운지 눈물이 핑 돌았어요.

아이참, 지금 생각해도 등에 땀이 납니다. 그이는 그날 밤에 왜 그리도 술잔을 받으라고 조르는지요. 중매한 늙은이가 아마도 신부는 술잔깨나 마신다고나 했는지 기어이 술잔을 받으라고만 성화였어요.

"이 술잔은 우리 두 사람이 백년가약을 맹세한다는 뜻인데 당신이 받아주지 않으면 나는 이대로 돌아가는 수밖에 없지요. 아마도 당신이 술잔

---

* 뿌리쳐 손을 비틀다.

을 받지 않는 것을 보니 나를 싫어하는 것이지요. 아마도 당신은 나보다 더 좋은 사람에게 시집가고 싶은가 봅니다."

하며 아주 성을 낸 것 같더군요. 그래서 나는 하도 딱하고 기가 막혀 말은 할 수 없고 그만 참다못하여 울어버렸지요.

그랬더니 그이는 갑자기 바싹 다가앉으며

"여보시오, 그래도 내 술잔을 안 받을 터이시오?"

하며 내 손을 다시 잡아당기겠지요. 나는 흑흑 느끼며 못 이기는 체하고 그 술잔을 쥐어주는 대로 받아 들기는 했지마는 어디 마실 수야 있어야지요. 그래서 방바닥에 살그머니 놓았지요. 아이고머니, 그랬더니 창밖에서는 아주 킥킥하며 웃어젖히는데 그 부끄러움이야 어디다 비할 수 있을까요.

그제야 그이가 벌떡 일어서더니 병풍으로 창을 가려서 뺑 둘러쳐버리고 내 곁에 와 앉더니 내 머리도 쓰다듬어 보고, 내 허리도 쓰다듬어 보고 머리를 굽혀 내 얼굴도 들여다보고, 온갖 아양을 다 부리더니

"색시요, 대답 좀 해보시오."

하겠지요. 이때는 그에게 잡힌 내 손을 그대로
맡겨두고 있었습니다.

"당신은 나를 사랑하십니까?"

하고 묻겠지요.

허 참, 기막힐 일이 아닙니까. 무어라고 대답을
하는가요. 바로 말하면 아직 그의 얼굴도 자세히
쳐다보지 못했으니까 말이지요. 그러나 그때는 그
이가 왜 그런 말을 물을까, 그런 말을 물어서 무엇
하려는가, 이제는 할 수 없는데 나는 당신을 사랑
하지 않고 될 말인가. 나는 가슴이 짜릿짜릿하고
이만치 부끄러운데, 하는 생각만 가득하여 고개를
푹 숙였더니, 그는

"아, 감사합니다. 이 사람을 사랑하십니까."

하겠지요. 아마도 그는 내가 고개를 숙이니까
머리를 끄덕이는 줄 알았던 모양이지요. 하하하!

그래 하하하 참, 우습다.

그이가 먼저 옷을 벗고 나더니, 먼저 내 왼편 버
선을 한 짝 벗기더니 내 치마끈을 잡아당기겠지
요. 나를 홀랑 벗길 작정인 것쯤이야 내가 누구라
고 모르겠소. 아무리 학교 공부는 못했지마는 그
래도 귀한 딸이라고 한문 글도 배웠고 꽤 똑똑한

색시였으니까 말이지요.

아이고 참, 내 말이 거짓말인 줄 아나베. 내가 왜 한문을 몰라! 『소학』도 다 배웠는데. 할부정割不正이어든 불식不食하며 석부정席不正이어든 불좌不坐하며. 이것이 다 『소학』에 있는 글이라오.

그래, 참 내가 정신이 없구나. 하던 이야기나 마저 해야지.

하느님, 당신 듣는가요? 참 재미있지요. 그래그래, 그래서 말이야…… 그이가 아주 눈이 발칵 뒤집혀가지고…… 히히.

아주 숨 쉬는 소리가 황소 같더군. 제까짓 신랑 놈이 아무리 지랄을 한들 내가 가슴을 꼭 껴안고 있으니 어디 내 옷을 벗길 수 있어야지…… 그렇지마는 너무 뺑순이*를 치면 또 성을 낼까 봐 겁도 나고 그뿐 아니라 옛날 어떤 신랑 놈처럼 첫날밤에 신랑은 색시를 벗겨야 한다니까, 영우** 색시의 껍질을 벗겨놓더란 말도 생각이 나고 해서 슬그머니 못 이긴 체했더니 아 그놈의 신랑 놈이 그

* 뺑소니.
** 아주. 매우.

만…… 히히 참 우습다.

그뿐인 줄 알지 마소. 하하하, 지금 생각해도 가 슴이 간지럽다.

"여보 색시! 당신 허리는 어쩌면 이다지 알맞게 생겼소. 아이고 이뻐라, 우리 색시. 오늘부터 우리 둘이 백 년이나 천 년이나 변함없이 한마음 한뜻 으로 살자구……"

"아이고 이쁜 우리 색시!"

아이참, 그이는 어쩌면 그렇게도 내 간장을 녹 이려고 드는지, 아주 나는 아 그놈의 신랑에게 그 만 녹초가 됐지요. 하하하, 하하하.

참 그때는 무척도 좋더니…… 그이가 대체 무엇 이라고 그이만 보면 그렇게 기쁘고 좋은지 참 알 수 없지, 알 수 없어…… 왜 또 부끄럽기는 왜 그리 도 부끄럽던지……

그때 생각에는 참말로 우리 두 사람은 천년만년 검은 머리가 파뿌리 되고 묵사발이 되도록 변함없 이 살 줄만 알았지요.

그러기에 그이에게는 내 살을 베어 먹여도 아깝 지 않을 것 같았어요.

에이 빌어먹을 년, 이년이 아마도 멍텅구리 같

은 미친년이야……

그렇게 좋고 좋던 우리 사이도 시집을 가고 보니 그 여우 같은 시누이년 까닭에 싸움할 때가 있게 되었지요.

그러다가 그이가 고등보통학교를 졸업하고 일본으로 공부 갈 때만 해도 나는 안타까워서 하룻밤을 뜬눈으로 새우면서 그이를 떠나서 그 무서운 시집에서 나 혼자 어이 살까를 생각하며 자꾸 울었답니다.

아이고, 배고파라.

벌써 저녁때가 넘었나 보다. 아이 추워라. 비는 경치게도 온다. 옷이 함빡 젖었네.

아이고, 빌어먹다 자빠져 죽을 년, 시어미 시누이 그 두 년과 무슨 원수가 맺었던고……

내가 밤마다 우는 것은 그이 생각에 가슴이 녹는 듯해서 운 것인데

"아이 재수 없어. 요망스럽게 젊은 계집년이 밤낮 울기는 왜 울어. 글쎄 서방을 잡아먹었나, 무엇이 한에 차지 않아서 저 지랄인고."

하고 시어머니는 깡깡거리지요.

"에그 오빠도! 오늘도 언니께 편지 부쳤네. 내게

는 한 번도 부치지 않으면서."

하고 그이에게서 온 편지는 모조리 중간 차압을
해서 나에겐 보이지도 않고 저희끼리 맘대로 다
뜯어 보지요.

"아하하, 오빠가 저의 마누라 보고 싶어서 울었
단다…… 내 읽을게 들어봐요.

사랑하는 나의 사람아! 그동안 얼마나 어른들
모시고 고생하시는가……라고 써 있구려. 글쎄
누가 오빠 사랑하는 사람을 못살게 굴었다고 이
래…… 아마도 언니가 오빠에게 온갖 말을 다 꾸며
서 편지질을 한 거지 뭐."

아이고 참, 기가 막히지요. 내가 벼락을 맞으려
고 남편에게 시어미 시누이 험구를 했겠는기요.
이런 말이 어디 있어요?

아이참, 지금 생각해도 기절을 할 일이지……

그 편지 온 후부터는 나날이 태도가 달라져가더
니 하루는 점심상을 받고 앉았던 시누이가 갑자기
밥을 한술 푹 떠들고 벌떡 일어서더니 내게로 달
려들며

"이것 봐, 이것. 나를 죽이려는 거지. 밤낮 제 서
방 생각하느라고 밥에다 파리를 막 집어넣어 삶

았구나. 이러고도 시어른 모시느라고 고생하는 건
가?"

하고 나를 떠밀고 내 밥그릇을 동댕이치고 야단
을 하는구려.

정말 밥에 파리가 들었는지 안 들었는지는 알
수가 없는 일이지마는 너무나 안타까워 나는 자꾸
빌기만 했지요.

아이고 하느님요, 내가 무슨 심사로 시누이 먹
고 죽으라고 일부러 파리를 밥에다 넣었겠소⋯⋯

그뿐입니까. 시누이는 숟가락을 집어던지고 앙
앙 울면서

"나는 밥 안 먹을 테야. 더럽게 파리 넣어 삶은
밥을 누가 먹어! 가거라, 가, 너희 집에 가려무나.
이러고도 시집 살기 무섭다고 오빠에게 고자질
만 하니 바보 같은 오빠는 그만 넘어가서 우리 모
녀를 흉측하게만 여기고 제 여편네만 옳다고 하
니 저년을 두었다가는 아마도 나중에 우리 모녀는
길바닥에 나앉겠구나. 남의 집에 윤기 끊는 년⋯⋯
가거라, 가거라."

하며 방에 가서 발칵 드러눕는구려. 글쎄 나는
도무지 모를 소리지요. 죽으라면 죽고, 때리면 맞

고 인형같이 있는 나를 이리 몰아세우니 기가 막히지 않을 수 있는가요.

그래서 시누이에게 손이야 발이야 빌고 빌었으나 앙앙 울며 나를 보기도 싫다고만 하는구려. 그래도 자꾸 빌었더니, 그만했으면 풀릴 일이나 굳이 듣지 않고 옷을 와르르 끄집어내어 보에다 하나 가득 싸더니,

"나를 업수이여겨도 분수가 있지, 내 팔자가 기박해서 신행 전에 서방을 잡아먹고 열일곱에 과부가 되었지마는 이런 데가 어디 있단 말인고……"

고래고래 고함을 지르며 옷 보퉁이를 마루로 끌어냅니다. 아이 고년이 그렇게 악독하니까 제 신세가 그 모양이지요. 신행 전에 서방을 잡아먹었다는 것도 거짓말입니다. 열일곱 되는 봄에 결혼을 했는데 아주 부잣집 맏아들이요 좋은 자리라고 알았더니, 웬걸 초례청에 들어선 신랑이 사십에 가까운 남자였어요. 전처에 아들이 없어 첩장가를 든 것이었지요. 그래서 우리 시누이는 첫날밤부터 신랑을 소박하고 아주 신랑과 인연을 끊었지요. 말하자면 머리는 올렸어도 실상은 숫처녀랍니다. 남에게 첩으로 시집갔단 말을 하기 창피하고 분해

서 제 입으로 서방을 잡아먹은 과부라고 하는 거
지요.

그러기에 나는 그에게 참으로 동정하고 위로해
주는데 저는 나를 이렇게 몰아세우니 기가 막히지
않을 수가 있습니까.

"가거라. 네가 안 가면 내가 갈란다."

하고는 옷 보퉁이를 이고 뜰로 내려갑니다. 이
것을 보는 시어머니는 방바닥을 두들기며 대성통
곡을 내놓는구려. 아이참, 할 수 있나요.

내가 우르르 내려가서 옷 보퉁이를 빼앗아 방에
갖다놓고

"어디로 가십니까? 못 가요. 내가 가지요. 내가
가겠습니다."

하고 빌며 내 방에 뛰어 들어와 치마를 갈아입
고 얼른 뜰로 내려섰지요.

물론 내가 그러면 시누이의 성이 풀릴 줄 알고
어쩔 줄 몰라 그런 것이지요.

아 그랬더니 말이오, 후유. 시어머니가 와락 마
루로 뛰어나오더니

"어허 동네 사람들아, 이 일이 무슨 일이오. 철없
고 속 시끄러운 시누이가 설령 성을 냈더라도 그

걸 갈불게* 무엇이냐. 친정 간다고 나선다. 시누이
성내었다고 시집 사는 넌이 친정 간다고 나선다.
동네 사람아, 이 구경 좀 하소! 네 이넌 바삐 가거
라. 바삐 가."

하고 막 쫓아내는구려…… 어느 영이라고 반항
하나요.

할 수 없이 쫓겨났지요. 그래도 대문에 붙어 서
서 성 풀리기를 기다렸으나 대문을 열어주어야지
요. 그날 밤이 되면 담이라도 넘어갈까…… 했더니
해가 넘어가니까, 시어머니가 대문을 열고 썩 나
서더니 조그마한 옷 보퉁이 하나를 내 앞에 동댕
이치며 이것 가지고 썩 돌아서 가라고 하더니 다
시 대문을 꼭 잠그고 맙니다.

그래도 울며 자꾸 빌었지요. 빌고 빌어도 어디
들어주어야지요. 그래서 하는 수 없이 친정으로
향했지요.

친정까지 이십 리를 그 밤중에 혼자 걸어갔지요.

집에 가니 아버지가 또 영문도 모르고 야단이
지요.

* 따지고 들어 괴롭히다.

"나는 옷 보퉁이 싸가지고 밤길 다니는 딸을 낳은 기억이 없다. 아마도 너는 여우로구나. 우리 딸은 한번 시집가면 그 집에서 죽어서나 나오는 법이지 살아서 시집 못 살고 쫓겨 오지는 않는다."

라고 당장에 쫓아냅니다.

그놈의 옷 보퉁이가 또 대문 밖으로 튀어나옵니다.

어이 참, 그놈의 옷 보퉁이가 무엇이 그리 중한 것이라고 늙은이들은 그놈을 내 앞에 기어이 갖다 던지는지.

예전 사람들은 시집 못 살고 갈 때는 꼭 옷 보퉁이를 가지고 간다더니, 과연 옷 보퉁이는 중한 것인가 봐요.

아이고, 참 우습다. 히히히.

그래서 할 수 있나요. 할 수 없이 그길로 또 친삼촌 댁으로 갔지요. 이 집에서야 설마 또 쫓아내려고요. 그래서 숙모님이 아주 분기충천하여 나를 위로해주더군요. 그래 나는 이 세상에서 우리 숙모님같이 좋은 사람이 없는 줄 알았지요. 그랬더니 뒤미처 어머니가 달려와서 또 나의 편이 되어주는구려.

그러니까 세상에 무서운 사람은 우리 시어머니, 시누이, 우리 아버지 세 사람이지요. 시아버지도 살아 있었으면 이 세상 사람보다 더 무서웠을지도 모르지. 그리고 얼마 동안 숙모님 댁에 있다가 친정으로 불려가서 있었지요.

어머니가 아버지에게 무슨 말을 했던지 그 후는 아버지도 말은 없어도 나를 꾸중하시지는 않더군요.

좌우간 내가 퍽 얌전한 색시였기도 했으니까 아버지도 내가 쫓겨 온 것이 내 죄가 아닌 줄을 아신 게지.

그리고 어느 날 내 이름으로 편지 한 장이 왔겠지요. 하도 반가워 받아보니 바로 그이에게서 온 것이었어요.

그만 손이 와들와들 떨리고 가슴이 쿵덕거리더군요.

시누이 넌이 무어라 고자질을 했는가. 그이도 나를 꾸지람하면 어떻게 할고…… 그러나 편지를 뜯고 보니 웬일인가요. 참 놀랬지요. 그이는 도로 나를 위로하고 자기 어머니와 누이를 용서하라고 했어요.

그래서 나는 하도 기쁘고 감사하여 얼마나 울었

어요.

그이의 은혜는 죽어도 못 갚게 될 것 같더군요.

실상은 아무 은혜랄 것도 없는 일이지마는 그래도 나를 알아주는 것이 하도 고마워서 말입니다.

그러는 중에 그이는 대학교도 그만두고 돌아오게 되어 그이의 주선으로 다시 시집으로 돌아가게 되었는데 그이가 있으니 또 별일 없이 살았지요.

그러는 중에 맏딸년 정옥이를 낳았고, 맏아들 석주를 낳았고, 둘째 딸 정희를 낳았던 것입니다. 세월이 참 빠르기도 하더군요.

그이와 내가 서로 만나 온갖 신고를 다 겪고 살아오는 중에 이십 년이란 세월이 흘러갔구려. 그러니까 그이 나이가 서른여덟이지요. 우리 살림은 누가 보든지 자리가 잡히고 아주 참 착실했지요.

아이고 하느님, 이렇게 말하니까 그이는 내 애를 태우지 않은 것 같지요마는 알고 보면 그이도 상당했더랍니다.

그놈의 무슨 주의자라나 그것 까닭에 몇 번이나 감옥에 드나들었지요. 그뿐입니까. 몸이 약해서 밤낮 앓지요. 그래서 나는 엄동설한 추운 겨울에…… 그래도 추운 줄을 모르고 밤마다 냉수에 목을 감고* 정성을 드렸지요.

"하느님, 부디부디 몸 성하게 해주시고 주의자 하지 말게 해주시기 바랍니다."

라고 밤마다 빌고 빌었답니다. 어떤 때는 빌고 나면 온몸이 얼음덩어리가 되는 것 같더군요. 그래도 추위를 느끼면 행여나 정신이 부실하다고 하느님 당신이 비는 말을 들어주지 않을까 봐 한 번도 춥다고 여겨보지 않았습니다.

아이고, 맙시사.

아이고, 빌어먹을 도둑놈.

네가 하느님이야? 도둑놈이지.

그만치 내가 정성을 들였으면 조금이라도 효험을 보여주어야 되지 않느냐?

우리 시어머니나 시누이나 조금도 틀림없는 것이 하느님 당신이 아닌가?

그래 내 청을 하나인들 들었던가 말이다. 그이와의 살림 기둥이 잡혔다고는 하지마는 단 하루라도 내 마음을 놓게 한 적이 있었더냐 말이다.

그 주의자인가 하는 것은 버렸지마는 그것을 버

---

* 목욕을 하다.

리고 나더니 또 불 하나가 터지지 않았느냐 말이다.

후유……

처음은 친구 집에 간다고만 속였으니 알 리가 있어야지.

아마도 눈치가 다르니 또다시 주의자를 시작하는가 싶어서 간이 콩알만 했지요. 그래서 아무리 보아도 눈치가 다르고 때로는 밤을 새우고 들어올 때도 있었어요. 혼자서 생각다 못하여 나도 단단히 결심을 했더랍니다.

어느 날입니다. 저녁을 먹고 그때, 아들놈이 중학교에 입학시험 준비한다고 아버지께 산수를 가르쳐달라고 하는데 그이는 급한 볼일이 있어 나가야겠으니 누나 정옥에게 배우라고 하고는 그만 핑나가버립니다. 맏딸 정옥이는 고등여학교 2학년이었지마는 저도 학기말 시험 공부하느라고 석주의 산수를 가르쳐줄 여가가 없다고 합니다. 그래 나는 와락 성이 났지마는 참고서

"또 무슨 볼일이 있어요. 주의자 할 때는 자식새끼가 어렸으니 당신 할 일이 없었지마는 이제는 아이가 시험을 치는 때이니 그만 나다니시고 아이도 좀 위해주어야지요."

하고 혼잣말 비슷하게 했지요.

아 참 기가 막혀.

그이는 휙 돌아서더니

"무엇이 어쩐다고? 무식한 계집이란 할 수 없다니까. 그래 네가 자식을 얼마나 훌륭하게 낳았기에 배운 것도 모르는 멍텅구리 같은 자식 놈인가 말이다. 계집이 건방지게 사나이를 아이새끼들 앞에서 꾸짖고 야단이야……"

하며 아주 노발대발하여 방문이 부서지게 내려밀치고 나가버리는구려.

대체 이 때려죽일 놈의 하나님아. 내가 그 겨울 얼음을 깨고 목욕하며 빌고 빌고 하여 몸 건강하게 주의자를 그만두게 해달라고 했더니 무슨 심청*으로 글쎄 몸도 건강하고 주의자는 그만두었다 할지라도 사람을 이렇게 변하게 해주었느냐 말이다. 주의자 할 때는 그래도 내가 잡혀갈까 봐 그것만 애를 태웠지 지금 같은 이런 말머리쟁이**는 듣지 않았지요.

---

* 마음보.
** 말버릇. 말버르장머리.

그이같이 마음이 바르고 굳세고, 어디까지나 정의를 사랑하던 사람도 없었는데 주의자를 그만두자 이렇게 기막힌 말이나 하는 인간이 되고 마니딱한 일이 아닙니까. 나는 그 자리에서 성을 참지못했지요. 이것도 내 욕심인지는 모르나 아이놈이시험에 미끄러지면 첫째, 아이가 낙망할 것과 둘째, 시어머니께 내가 자식 잘못 낳았다는 꾸지람을 듣겠으니까 여러 가지로 여간 애가 타지 않는데, 글쎄 그이는 저대로 쑥 나가버리며 남기고 간말이 그게 무엇이란 말이오.

그래서 나는 벌떡 일어나 빨리 집을 나섰습니다.

골목 끝에 나서 좌우를 바라보니 전등 빛에 그이가 걸어가는 뒷모양이 보이겠지요. 나는 두말없이 뒤를 따라갔습니다.

골목쟁이를 이리저리 굽어들더니 나중에 조그마한 대문을 밀고 쑥 들어가지 않습니까.

아이고머니, 나는 가슴이 덜컥하였습니다. 그이가 주의자 할 때도 저렇게 남의 눈을 피해가며 다니는 걸 보았기 때문입니다.

"아이구, 주의자를 버린 줄 알았더니 아직 그대로 하는구나."

나는 입속으로 부르짖고

"맙소 맙소, 하느님."

하고 한숨을 쉬었지요. 그래서 집으로 힘없이 돌아와서 아이들을 재우고, 나도 드러누워 혼자 곰곰이 생각하며 그이가 돌아오기만 기다렸습니다.

밤이 새로 두 시나 되니까 그제야 돌아오는구려. 내가 자는 척하고 눈을 감으니 그는 살그머니 옷을 벗고 자기 자리에 가서 소리끼* 없이 드러누워 그만 잠이 들어버리더군요. 나는 잠이 오지 않고 그이가 순사에게 또 잡혀갈까 겁이 나고 정말 가슴이 졸여서 그 밤을 꼬박 새웠습니다.

그 이튿날 새벽에 일어나서 아이들을 깨워 아침밥 때까지 공부를 하라고 한 후, 나는 부엌으로 나갔다 들어오니 그이는 한잠이 들어 자는구려.

차마 일으키기가 안되어서 그대로 나가 아이들 밥을 거두어 먹인 후, 모두 학교로 보낸 후 나는 다시 그이를 깨웠지요.

"아이 곤해, 귀찮게 왜 이 모양이야!"

하고 성을 벌컥 내는구려. 그래도 나는 염려가

---

* 소릿기. 소리의 기운. 또는 어떤 소리가 나는 낌새.

되어

"밤늦게 제발 좀 다니시지 마세요. 몸에 해롭지
않아요."

하며 그에게 주의를 버려달라고 애걸하려고 시
작했습니다.

"밤늦게? 누가 말이야? 간밤에도 내가 일찍 돌
아왔는데, 그래 날 보고 아이들 공부 가르치라고
하면서 저는 초저녁부터 잠이나 자는 거야? 무식
한 계집이란 아무 소용도 없어. 자식 교육을 할 줄
아나…… 밥이나 처먹고 서방에만 밝아서…… 에
이 야만이야, 천생 금수나 다름이 없지 뭔가."

어이구 하느님, 그이가 하는 그 말이 이렇습니
다. 그이가 새로 두 시에 들어온 것을 뻔히 아는 내
가 아닌가요.

그래 나는 하도 어이가 없어 그대로 또 참았지요.

또 그날 밤이 되니까 그이는 어제저녁과 꼭 같
이 아이들이 아버지, 아버지 하고 배우려고 애를
쓰는데 다 뿌리치고 나가버립니다. 나는 그이의
그러한 태도가 원망스러운 것은 둘째가 되고 그이
가 이러다가 잡혀갈까 봐 겁이 나서 그날 밤도 또
따라나섰지요.

'내가 그 집 대문 앞에서 기다리고 있으면서 행여나 순사가 번쩍거리면 얼른 그이에게 알려주어야지.'

하는 염려로 따라갔지요. 과연 이날 밤도 어제의 그 집으로 쑥 들어갑니다. 나는 길게 한숨짓고 그 집 대문 앞에서 파수를 보고 섰지요. 그렇게 이윽히 섰다가 어둠 속에서라도 자세히 살펴보니까 대문이란 것은 겉 달린 것이고 담이 죄다 무너지고 말았으므로 그 집 안이 훤히 들여다보이겠지요.

그래서 나는 일변 기쁘고 일변 겁이 나면서도 나도 모르게 뜰로 살그머니 들어갔지요. 대체 그이의 동지가 몇 사람씩이나 모이는가 하여서 툇마루 아래를 살펴보았더니, 하얀 여인네의 고무신 한 켤레와 그이의 구두가 가지런히 벗어져 있지 않습니까. 나는 새삼스레 가슴이 덜컥하여 살살 집 모퉁이로 돌아갔더니 좁다란 뒤뜰이 있고 뒤창으로 불이 비쳐 있는데 아마도 그 창 안에는 그이가 있을 것이 분명하므로 아주 쥐새끼처럼 기어가서 그 창 옆에 납작 붙어 섰습니다.

방 안은 잠잠합니다.

그러나 내 가슴은 생철통을 두들기는 것같이 요

란합니다.

"여보, 이번에 당신 아들이 중학교에 수험한다
지요?"

하는 고운 여인의 목소리가 새어 나옵니다. 나
는 그 요란하던 심장이 갑자기 깜박 까무러치는
것 같더군요. 하하하…… 하하하, 아이고 우습다,
우스워……

배가 고픈데, 아이 추워, 비는 경치게 온다. 에
라, 고기나 좀 잡아먹을까……

어디 보자. 옳지 이렇게 옷을 동동 걷어 올리고
나서 고기나 잡아먹자……

아이고, 한 마리도 잡히지 않네. 어이쿠, 요놈의
고기…… 안 잡히는구나. 네 이놈, 네 이놈, 아이구
구, 하하하……

고기는 잡히지 않네! 에라, 이놈의 냇물을 죄다
삼키자. 그러면 고기도 죄다 따라 들어올 거지.

꿀떡꿀떡…… (냇물에 입을 대고 마십니다.)

어이구, 배불러라. 내 배 속에도 냇물이 하나 흐
르고 있을 게다. 고기도 많이 놀고 있겠지…… 어,
배불러라.

이제는 그만 누워 잘까…… 비는 들이치지마는

이 다리 아래서 자는 수밖에……

앗 참 하느님, 이야기하던 것 잊어버렸군. 에, 귀찮아. 그만둘까, 그만두면 뭣 하나. 그만해버리지.

그래, 그래서 말야. 그놈의 계집년의 목소리 경치게 이쁘더군요. 나는 와락 그 여인의 얼굴을 보고 싶었으나 꾹 참았지요. 그랬더니 이제는 바로 그이의 음성이

"에, 듣기 싫소. 그까짓 돼지 같은 여편네의 속에서 나온 자식새끼가 나와 무슨 상관이 있단 말이오. 사랑하는 당신과 나 사이에서 생겨난 자식이라야 참으로 내 사랑하는 자식이 되겠지.

여보, 어서 아들 하나 낳아주어…… 우리의 사랑의 결정인 아주 영리한 아이를 낳아요."

합니다. 나는 눈이 확 뒤집혀지는 것 같더군요.

"하하 공연히 그러시지, 당신의 그 부인도 참 에쁘던데……"

"아니, 그 여편네 말은 내지도 말아요, 내가 열여덟 살 때 부모의 명령에 못 이겨 억지로 강제 결혼을 한 것이니까, 나는 그를 한 번도 아내로 생각해본 적이 없어요."

"아이고 거짓말, 아내로 생각하지 않았으면 왜

자식은 그렇게 셋이나 낳았던가요."

"허, 그러기에 말이지. 아마도 내 자식이 아니라는 것이지요. 아직까지 내 자식이라고 해도 손 한번 쥐어준 적이 없었어요."

"호호호 거짓말……"

"홍…… 거짓말이라고 여기거든 맘대로 하구려. 오늘까지 그 여편네와 말 한마디 해본 적이 없다오. 그런데도 자식이 셋이나 있다는 건 정말 조물주의 장난이라고 하지 않을 수 없어요."

하느님! 그이가 이따위 소리를 하고 있구려…… 우리 색시 이쁘다고 물고 빨고 하던 것은 다 어떡하고 저런 거짓말이 어디 있소.

"여보, 나는 정말로 불행합니다. 나는 노모를 위하여 참아왔고 또 그 여편네가 가엾기도 하여 나자신의 삶을 희생해온 거랍니다. 그렇지마는 나는 아직 젊습니다. 아무리 억제해와도 억제하지 못할 때가 있었어요. 나는 가정적으로 너무나 불행한 까닭에 성자가 아닌 이상 어찌 불만을 느끼지않을 수 있나요. 너무나 모두들 무지하니까 나는 지적으로 너무나 목말랐더랍니다. 아내란 것이 나를 이해하지 못하고, 다만 나에게 맛있는 음식이

나 먹여주고 옷이나 빨아주고 밤이 되면 야수 같은 본능만 아는 그런 여편네와 이십 년이란 세월을 살아왔구려. 아무 감격도 신선함도 이해도 없는 그런 부부 생활이었어요. 당신까지 나를 이해 못 하고 그러십니까? 그 여편네는 나에게 무지하기를 원하고 생활이 평안하도록 일하는 남편이 되기 원하며 자식에게는 정신적으로 충실한 종이 되기 원할 따름이어요. 그러니 나라는 사람은 어느 결에 나를 위한 삶의 시간을 가지란 말인가요."

흑흑……

나는 울었습니다, 울었어요. 그이의 하는 말이 용하게 꾸며내는 헛바닥 장난일 줄은 알지마는 그 순간 나라는 존재는 그이에게 그만치 불행한 존재임을 느낄 때 무척 슬펐답니다.

하느님, 당신 바로 판단하구려.

그이의 말이 옳습니까? 응? 대답해봐……

암! 암! 그렇지. 그 말이 죄다 틀린 말이지, 틀렸고말고.

아예 당초에 인간이란 게 공부를 잘못하면 제 행동이 옳든 그르든 간, 아니 아무리 틀린 일이라도 교묘하게 이론만 갖다붙여서 그저 합리화하려고만 하는 재주만 늘어갈 뿐인 것이라오.

그이가 그처럼 나를 무지몰식한 돼지 같은 여편네라고 할 때는 아마도 그 여인은 상당히 학교 공부를 한 여자인가 봐요.

나는 단지 한문 글자나 배웠을 뿐인 무식쟁이지마는 그이의 하는 말에 반박할 말이 수두룩한데 웬일인지 그 여인은 생긋생긋 웃으며 고개를 끄덕이고만 있는 모양이구려.

아이고 아이고, 그 뻔뻔스런 년, 남의 남편을 빼앗아 앉아서…… 아이고, 분해……

글쎄 하느님아 들어봐요. 그이가 나를 얼마나 사랑해왔던가는 다 별문제로 제쳐놓더라도 사람이란 건 천하 없어도 제 혼자서는 살 수 없는 것이 아닌가요? 아무리 저 깊은 산속 멀리 인간 사회를 떠난 곳에서 제 혼자 있는 것보다는 낫다고 하지 않습니까?

우선 나 하나를 돌아보더라도 세상에 제 한 몸만 위하고 제 마음의 자유와 기쁨만을 위한다면 이렇게 미치광이가 되어야 하지 않는가요. 이렇게 세상을 다 떨치고 내 맘대로 살고 있는 나이지마는 불만이 많기가 끝이 없어요.

사람이 산다는 것은 이 인간 세상에서 미우나 고우나 한데 얽매이고 서로 엇갈려 있다는 뜻이 아닌가요.

그런데 그이는 제 혼자의 삶을 주장합니다. 아이고, 아니꼬워.

내 눈에는 아무리 보아도 그이가 한 아름다운 여인에게 반했다는 그것뿐이에요. 이십여 년을 정답게 정답게 아들 낳고 딸 낳고 살아오다가 고운 여인을 보고 욕심이 나니까, 마음대로 떳떳하게 욕망을 채울 수가 없으니까 별 지랄 같은 소리를 다 하는 것이지.

한 가정의 귀한 아들딸과 어머니와 아내를 다 버리고 한 개의 욕망! 결국은 계집에게 반한 그 마음 하나를 억제 못 해서 사나이 자식이 온갖 거짓말과 괴로운 이론을 끌어다 붙이려고 애쓰는 그것이 어디 되었나?

아이고 아이고 귀한 우리 자식들!

아무리 나에게 악했지마는 그래도 이미 죽을 날이 멀지 않은 시어머니……

다 불쌍해라. 너희들의 간장을 녹여주면서까지 너희 아비는 제 삶을 산다고 저러고 있단다. 히히히……

귀하고 중한 내 자식아, 누가 너를 만들었노! 너를 만들어놓고 너에게서 아비를 거두어 간 그 아비……

하느님, 아비 없는 자식은 불량자가 되기 쉽다지요…… 아이고, 이 일을 어찌하노…… 그러나……

사랑한다는 것은 흐르는 물과 같아서 자꾸 변해진다고요? 참 잊어버렸군, 그런 것이 아니라 사랑이란 영원한 것이 아니고 찰나가 연장해가는 것이니까 이 순간 아무리 사랑하지마는 다음 순간에는 어떻게 될지 모르는 거라지요.

그러니까 그이가 나를 사랑하지 않는다는 게 아닙니까.

보자 보자, 그러니까 또 그이가 어느 순간에 이르러 그 여인과의 사랑이 변하여 나에게로 돌아올지도 모르는 일이다.

아이고, 다 그만두자, 그까짓 것……

아이고, 또 배가 고프네……

아이고, 어두워졌구나…… 하하하.

나는 참았다. 참았다.

나는 하도 많이 참아보아서 이제는 습관이 되

었나 보다. 그래도 참고 집으로 돌아가자. 아이새 끼들은 공부하느라고, 나를 돌아보지도 않았어 요……

딸년은 학기말 시험 공부한다고, 아들놈은 중학 교에 입학하려고.

작은딸년은 숙제한다고……

나는 참았다. 눈물을 참고, 밖으로 뛰어나가, 과 실과 과자를 사다가 나누어 먹였더니

"엄마, 엄마, 어디 아파요? 엄마도 먹어요. 아버 지는 왜 이제껏 안 오시나, 또 감기나 들지 않을 까……"

아이들이 아버지와 어머니를 위하여 이야기하 며 맛있게 먹는다.

시어머니 방으로 가보았다. 노인은 누웠다 일어 나 앉으며

"석주 애비는 어디 갔나…… 바람이 찬데……"

하며 참으로 염려하였어요. 에이 도둑놈……

아이들이 다 잠든 후 그이는 돌아왔지요.

나는 참던 눈물이 흘러내려 돌아앉았더니

"나 잘 테야. 요 깔아주오……"

하겠지. 그래서 나는 요를 깔아주었더니,

"여보, 이리 오오…… 왜 노했소. 그러지 말고 이리 와요."

하며 자꾸 웃습니다.

아이고, 맙소…… 남자란 게 이런 건가? 나는 모르겠다, 몰라…… 어찌 된 셈인가요, 글쎄.

나는 참았지요. 입을 꼭 다물고 그이의 곁에 가보았지요. 그이는 틀림없는 내 남편! 이십 년간 살아오던 그이였어요. 조금도 다름이 없이 나를 안고

"아이들 이불 잘 덮어주었나?"

하고 물으며……

그리고 그이는 이십 년간 익어온 그 태도 그대로 잠이 들려는구려……

나는 더 참고 보았지요. 이윽고 그는 잠이 들다 말고 소스라치듯 미소하며 나를 다시 한번 꼭 껴안겠지요.

"왜 새삼스레 이러는 거요? 이십 년이나 꼭 한가지로 변화 없이 이러는 우리 사이건마는 그리 내가 사랑스러운가요?"

하고 한번 시치미를 떼어보았지요.

"암…… 나에게 너만치 충실한 사람이 없고 미더운 사람이 없으니까……"

라고 그가 대답합니다.

나는 벌떡 일어나 앉았지요. 하도 놀라워서요. 하하하……

그래, 그 이튿날이었지요. 바로 그 밤이 새로 난 날이었어요. 나는 그 밤을 또 꼬박 새우고 난 터이라 머리가 횡횡 내돌리기에 아이들이 학교에 간 틈에 누워서 한숨 자보려고 했습니다마는 잠이 와야지요. 그래도 누웠으려니까 그이가 내 머리에 손을 얹어보더니 깜짝 놀라며 병원에 가보라고 합니다.

아마 열이 높았던 게지요. 나는 별로 괴롭지 않아서 더 있어보고 가겠다고 했더니 그이는

"그러면 있다 가보오……"

하고는 횡 나가버립니다.

나는 벌떡 일어나 따라갔지요. 그러나 그이는 그 집으로 가지 않고 어느 큰 상점으로 들어갔어요. 그래도 나는 그 상점 앞에 가 서서 지켰더니 그이는 그 상점에 들어가 전화를 빌려 어디다 전화를 걸고 나더니 다시 쑥 나오는구려. 하는 수 있소? 그만 딱 마주쳤지요.

"어디 가오?"

그이는 놀라며 물어요.

"병원에……"

나는 엉겁결에 대답했지요.

나는 공연히 부끄러워서 집으로 다시 돌아왔더니, 그날은 토요일이라 아이들이 벌써 학교에서 돌아왔으므로 점심을 먹여놓고 또다시 방으로 가 누웠더니 웬 머리통이 그리도 쑤시는지 가슴이 쏙쏙 소리를 지르고 너무 정신이 없었어요. 그러다가 나는 어떻게 된 셈인지 벌떡 일어나서 그 집으로 달려갔지요.

막 달려갔지요.

허둥지둥 달려가보니까 틀림없이 그이의 신이 동그랗게 댓돌 위에 벗어져 있겠지요. 나는 와락 달려가 그이의 구두를 집어 들고 힘껏 그년의 창문을 향해 던졌더니 '와당탕' 소리가 나며

"악!"

소리가 들리더니 방문이 활짝 열리며 그이가 썩 나섭니다. 바로 그이의 어깨 너머로 하얀 얼굴이 나타나며 나를 놀란 눈으로 바라봅니다.

그 얼굴! 그 얼굴!

그는 내가 잘 아는 여인이라오. 그는 음악학교

졸업생이랍니다. 우리 친정으로 척당*이 되는, 잘 따져보면 나에게 언니라고 불러야 되는 계집애였어요……

하하하. 이 일을 내가 무어라고 해결하나요. 알 수 없어……

대체 어떻게 된 셈인가…… 지금 생각해도 알 수 없어…… 나를 막 꽁꽁 묶어서 방 안에다 가두어두고 의사란 놈이 별별 짓을 다 하였지마는 그것도 대체 왜 그 지랄들인지.

하도 갑갑하고, 그이에게 물어볼 말이 많아서 그만 그저께 밤에는 온갖 재주를 다 부려서 튀어나오고 말았겠다……

놈들이 어디 가서 나를 찾는지 모르지요. 내가 이 다리 밑에 숨어 있는 줄 저이들은 모를 거야……

하하하……

정옥아! 석주야! 정희야…… 아무리 사람들이 네 어미 까닭에 너희들이 불행해졌다고 하더라도 그 말을 믿지 마라. 너희 아버지가 이 어미에게 수수

---

* 성이 다른 일가.

께끼 문제를 내놓은 까닭이다. 흑흑……

아이고, 보고 싶어……

너희들이 보고 싶다.

정옥이 너는 장조림을 잘 먹고

석주는 생선을 잘 먹고

정희는 시루떡을 잘 먹고……

에라, 집으로 가야겠다……

누가 너희들을 보호할꼬……

비는 왜 이리도 많이 오노……

비를 노다지* 맞고 가면 모두 나를 미쳤다고 하

지 않을까……

《조선일보》, 1938년 6월 25일~7월 7일

* 아무 준비 없이. 무작정.

소설

*

혼명混冥에서

1. 귀먹은 자의 정적에서 외우는 독백

1

S!

이 어인 까닭일까요!

왜 이다지 고요합니까?

깊고 깊은 동혈洞穴의 속과 같이 어지간히도 고
요합니다. 참으로 이상한 밤이어요.

마을을 한참 떠난 들 복판에 외로이 서 있는 이
집인 까닭에 이렇게도 고요함일까요.

그러나 지금은 겨울이 아닙니까! 멀리서 달려오
는 북쪽의 난폭한 바람이 아무 거칠 것이라곤 하
나도 없이 제 마음대로 이 들판에서 천군만마같이

고함을 치고 이 집의 수많은 유리 창문과 뼈만 남은 나뭇가지를 마구 쥐어흔들어 놓아 시끄럽고 요란하기 끝이 없게 할 때입니다.

그런데 왜 이다지 고요할까! 일순간 사이에 땅덩이가 깊은 바닷속에 가라앉아 버린 듯합니다. 모든 움직임과 음향이 딱, 정지되어 버린 듯도 합니다.

S!

이제 금방 어머니 방에서 어머니가 편안히 잠드시라고 『보문품경普門品經』을 나직나직 읽어드려 겨우 잠이 드신 듯하여 살며시 내 방으로 들어왔습니다. 내 방문을 무심코 한 걸음 들어서자 두 눈은 부신 듯하였어요. 방 안에 얌전스레 나래를 편 듯 깔려 있는 침구가 무척도 찬란한 색깔이었던 탓인지요……

이렇게 호사스런 침구가 나에게 무슨 관계를 가졌단 말입니까! 다만 내가 본래부터 좋아하는 백합화를 하얗게 문채* 놓은 새빨간 자주색 이불일 따름입니다.

---

* 옷감이나 조각품 따위를 장식하기 위한 여러 가지 모양.

머리맡에 놓인 등롱형燈籠型 전기스탠드에는 파란 전구가 끼워져 있고 그 곁에 오늘 신문이 얌전하게 놓였고 작은 두레상에는 약병과 물 주전자, 뜨롭 통*이 담겨 있으며 창에는 빈틈없이 커튼이 내려져 아늑한 방 안의 분위기가 나를 끌어안아 주는 듯 느껴졌습니다.

대체 누가 내 침방을 이렇게 치장하여 주었을까요. 어느 편을 둘러보든지 모두가 마음 편히 잘 자도록 정성을 들여놓았음을 알 수가 있습니다.

이것은 나의 언니가 나 모르는 사이에 꾸며놓은 것임에 틀림없겠지요.

아침에 내가 이 방을 나갈 때는 신문, 잡지, 서적 등이 자욱이 흩어져 있었고, 병원의 입원실같이 하얀 이불이 아랫목에 헝클어져 있었던 것입니다.

언니가 나에게 표하는 정성이 오늘에서 비롯함은 아니나, 왜 그런지 이 밤에는 새삼스럽게 언니에 대한 감사의 염이 가슴에 찼습니다. 곁에 있었으면 한마디 인사라도 하고 싶었습니다.

---

 * 사탕 통.

이제까지는 구태여 언니뿐만이 아니라 집안사람들 중 누구에게든지 아무런 정성을 받아도 입에 내어 감사하다고 해본 적이라고는 없었어요.

물론 마음속까지 느낄 줄 모르는 바는 아니지마는 입 밖에까지 내어 표현하기가 싫었던 것입니다. 이것은 나의 무뚝뚝한 성격인지는 모릅니다.

그러나 이것을 단순히 나의 성격이라고만 돌리고 말 수는 없어요. 왜 그러냐 하면 나는 그들에게 감사를 느끼기 바로 직전의 순간에는 마치 무거운 쇠줄에 동여매이는 것 같은 압박을 느끼는 것이었어요. 아니 그보다도 도리어 나는 괴로움을 느끼는 것이랍니다. 그들에게 무엇 하나라도 보람될 것이라고는 가지지 못한 나이기 때문에……
아니 항상, 그렇습니다. 항상 항상 나는 그들이 나에게 바라고 있는 바를 기어이 배반하여 버리려고, 아니 배반하고 말리라, 배반하여 버리지 않고는 안 될 일이라고 생각하고 있는 악마였기 때문입니다.

그러므로 그들의 정성은 나에게 고통입니다. 내가 그들에게 바라는 바는 오로지 압박, 천대, 그리고 축출! 이것이어요.

그러면 나는 얼마나 마음이 자유롭고 얼마나 용감해질 수 있으리.

그들의 지극한 은애恩愛는 나에게서 용기와 자유를 고살故殺시킬 뿐입니다.

S!

나는, 나라는 인간은 무엇이라고 정의를 붙여야 좋을 인간일까요.

나는 가족들의 정성을, 아니 그보다 어느 때든지 그들을 배반하고야 말 인간임을 확실히 자인하면서도, 그들의 사랑을 배반할 수 없으며, 나에게 이 고통을 주는 가족을 미워하여야 될 것이로되, 그 반대로 지극히 사랑합니다.

왜? 나는 내 사랑하는 가족들을 기쁘게 해주며, 그들의 원하는 딸이 되지 못합니까!

왜? 나는 기어이 배반하고야 말 인간이거늘 그들의 사랑과 정성에 무슨 까닭으로 감격합니까? 감격할 뿐만 아니라 그들에게 보답하기 위하여 이 생명이라도 바쳐버리고 싶을 때가 있습니다!

왜? 나는 그들을 배반할 것을 단념하지 못하며 왜 또 기어이 배반해보겠다고도 하는 것일까요!

S!

나는 모르겠어요! 나는 모릅니다. 나는 약한 자일까요! 너무나 강한 자일까요!

S!

나는 이 방으로 들어오기 조금 전부터 고질인 위병이 아프기 시작하였던 것입니다. 지금 나는 차차 아파오는 도수가 높아가고 있으므로 그것을 참으려고 애씁니다. 팔짱을 끼고 아래턱을 가슴속으로 파묻듯이 하며 이 호사스런 이불 위에 가서 정중스럽게 꿇어앉았습니다.

고도孤島로 쫓겨 가는 배 위에 서 있는 나폴레옹 같이 침통한 포즈입니다.

묵묵히! 묵묵히! 이윽히 그 파란 전기스탠드를 바라보고 있었습니다.

S!

이때였어요, 바로 이때! 어느 때부터 시작되었던 느낌인지는 모르나 문득

'아! 무척도 고요하다. 왜 이다지 고요할까! 어인 까닭에 이 밤이 이다지도 고요할까!'

라고 느꼈던 것입니다. 그리고 또 멀고 먼 거친 타향에서 오랫동안 그리워하던 고향집 안방 안에

이제 금방 돌아와 앉은 듯이 그 고요함이 그립고
도 정답게 느껴졌어요.

S!

S와 서로 떠난 이후 오늘까지 늘 나는 이러한 시
간을 가지기를 원했습니다.

모든 음향과 움직임이 없는 털끝만치라도 외계
外界의 구애가 없는 그러한 묵적黙寂한 가운데다
내 자신을 앉힌 후, 고요히 침착하게 냉정하게 진
실한 나라는 것을 집어내어 과거와 현재, 미래에
있어서의 나라는 것을 똑바로 바라보며 차곡차곡
검토해보며, 나라는 인간이 어떠한 것이며 어떻게
살아가야 되는 것인가를 알아내려고 생각해왔던
것입니다.

그러나 이제 의외에도 그러한 시간이 이곳에서
나를 맞아줄 줄은 생각하여 보지도 않았던 까닭에
도리어 한참 동안 무아몽중으로 앉아 있었을 뿐이
었어요!

이 동안에 시간은 제 갈 길을 얼마나 갔는지 모
릅니다.

정적은 일각일각으로 굳센 박력을 가하여가며
더욱더욱 적막하여 가는 그 가운데서 나는 즐기는

듯 도취하듯 묵연히* 앉아 있을 뿐입니다.

이렇게 하여 또 얼마나 시간이 흘러갔는지……
깊은 나락에서 올라오는 듯이 '당' 하고 시계가 새
로 한 시를 쳤습니다. 그러고도 또 얼마간을 그대
로 앉아 있었어요. 아무것도 생각하는 것도 없었
고, 이러한 시간을 가지면 하려고 하던 모든 플랜
도 다 잊어버린 듯하였습니다. 마는…… 내 신경
의 어느 일부는 눈이 빙빙 돌아갈 만큼 맹렬한 활
동을 개시하고 있었던 것 같기도 합니다.

아파가는 도수가 자꾸자꾸 높아가던 나의 위병
은 어느 때부터 사라져버렸는지 내 마음과 몸은
남김없이 외계의 정적 속에 동화되어 고요한 호수
같이 잠잠하여졌음을 느꼈습니다.

"아!"

이 신기한 이 밤의 정적은 마침내 '나'에게 '나'를
가져다주었어요.

거짓과 갈등과 괴로움에 고달파진 나는 세상의
시끄러움 속에서 혼명混冥하여져 '나'까지 잊어버
리고 내가 남인지, 남이 나인지도 모르고 살아왔

---

* 잠잠히 말이 없다.

던가 봐요.

나는 나 같은 약한 자인지 지극히 강한 자인지
스스로 구별할 수 없는 인간이기 때문에, 세상의
시끄러움이 참을 수 없게 저주스러웠어요.

아무 시끄러움이 없는 고요한 가운데서 차근차
근 내 모양을 바라보길 원했어요.

눈멀고, 귀먹은 자의 정적을 원하였던 것입니다.

"아!"

과연 내 원하던 귀먹은 자의 정적은 틀림없이도
이제 거짓과 괴로움과 갈등에 낡아진 때 묻은 옷
을 활짝 벗겨가지고 새빨간 내 마음을 내 가슴 위
에 던져 보냈습니다.

S!

나는 지금 잃어버렸던 나를 굳게 찾아 안고 울
어야 옳을지 기뻐해야 옳을지 모르겠어요.

지금의 나를 누구에게나 보이고 싶고 말하고 싶
습니다. 입을 열기 싫어하고 남을 대하기 싫어하
던 그 우울이 지금의 나에게서 떠나가버렸는가 합
니다.

S!

문득 S의 얼굴이 떠오릅니다. 누구의 얼굴보다

도 명확하게 내 마음 가운데 떠오릅니다.

당신의 이름을 가만히 입안에 돌려보니 갑자기 당신에게로 달려가고 싶었습니다. 나는 나도 모르게 벌떡 일어섰어요.

그리고 다음 순간 달음박질하려는 내 마음을 바보처럼 모르는 척, 그대로 멈추어서 생각난 듯이 옷을 활활 벗어버리고 잠옷으로 갈아입었던 것입니다.

그러고는 이불 위에 쫙 뻗고 드러누워 천장을 바라봅니다.

왜 구태여 이때의 내 마음속에 당신의 얼굴이 뚜렷이 떠올랐을까요! 그 크고 빛나던 불같은 두 눈과 분명한 윤곽의 당신의 얼굴이 왜 그다지도 명확하게 떠올랐을까요!

S!

그에 대한 설명은 한 가지 두 가지로 간단하게 설명할 수는 없는 것인 줄, 오직 당신만은 아시리라.

2

S!

당신과 내가 서로 알게 되고, 또 서로 몇 차례 만나게 된 것과 속 깊은 이야기를 나누게 된 것이 모두 우연이었습니다. 정말 이상스런 신기한 우연이었어요.

당신이 내가 있는 이 땅으로 여행하게 된 이유는 그만두더라도 한 발자국 이 땅 위에 내려놓자 실로 우연히 당신의 옛 친구였던 김을 만났던 것이 아닙니까?

그래서 김과 서로 반가운 동행이 되어 경부선 기차에 올랐던 것이었지요. 김은 당신과의 옛 우정을 위하여 신라고도新羅古都로 안내하게 되어 K역에 내린 것이었습니다.

그리하여 경주행 기차에 바꾸어 타자 김은 또 하나 옛 친구를 만났던 것입니다. 역시 아무 뜻하지 않은 우연으로.

당신과 김이 단순한 옛 친구가 아니며 죽음과 삶을 함께하였던 동지였다고 한다면 이제 또 한 사람 만난 친구 역시 김에게 있어서의 옛 동지였습니다.

이 새로 나타난 친구와 당신과는 미지의 사이였으나 김을 중심으로 하여 세 친구는 삽시간에 동화되고 말았지요.

이 새로 나타난 친구! 그 사람이 바로 '나'였지요?

S!

나는 우연히 생각 밖의 친구 김을 만난 것이 기뻤으며 더구나 당신을! 첫말부터 나에게 깊은 감명을 주는 당신을 알게 된 것이 기뻤습니다.

"어디를 가는 길이오?"

김은 나에게 물었습니다.

"우리가 떠난 지 십여 년 만에 우연히 이렇게 만난 것이니 관계되는 일이 없거든 함께 경주 구경합시다."

라고 그때 김은 옛날이나 다름없이 이러한 말을 하였지요?

나는 더 무엇을 생각할 여가 없이

"갑시다. 나도 함께 가겠어요!"

라고 즉답을 하였던 것입니다. 그리하여 우리는 즐겁게 회고담을 주고받으며 기차가 어디를 향하여 달려가고 있는가는 생각조차 해볼 여가가 없었어요.

이윽히 이야기에 꽃을 피운 후 나는 문득 이러

한 생각이 났습니다.

'대체 내가 이 기차에 어떻게 하여 오르게 되었던가! 어디로 가려던 것인가! 이렇게 아무리 옛 친구라고는 하나 함께 아무 예상도 준비도 없이 여행을 함이 옳은 일이라고 할 수는 없는 것이다. 옛날에 아무리 간절한 동지였다고 하지마는 오늘은 피차 체면과 예의를 차려야 할 터가 아닐까! 더구나 내가 너무나 기분에 도취되어 여인다운 체면을 잃은 것이 아닐까!'

라고……

내가 그 기차에 타게 된 이유는 혼란하였습니다. 괴로움과 시끄러움에 시달리다 못하여 훌쩍 집을 나와 아무 의식 없이 차표를 샀던 것입니다.

'어디로 갈까!'

하고 생각해볼 여가 없이 그때의 나 같은 멸망을 당한 인간이 갈 곳! 그것은 깊은 산중이 아니면 차라리 이미 패하여버린 옛 자취나 찾아가서 함께 멸망하여 감을 우는 수밖에 없다는 생각으로 경주까지의 차표를 샀던 것이랍니다.

그러나 차표를 사가지고도 나는 망설이며 그대로 집으로 돌아서려 할 때, 발차를 신호하는 벨이

울려왔으므로 급히 차에 뛰어오르고 말았던 것입니다.

내가 이렇게 무궤도적 여행을 나선 것이나 선뜻 당신들과 동행이 되기를 응낙한 것은 누구의 눈에라도 온당하게 보이지 않을 것이며 또 누구라도 성격 파산자같이 조소할 것입니다.

그러나 S! 내가! 이미 이러한 줄도 저러한 줄도 다 알면서도 스스로의 행동을 비판해볼 겨를을 얻지 못하였음에는 파묻혀 있는 여러 가지 괴로움이 있었던 탓이었습니다.

그때의 나의 괴로움으로서는 별 깊은 의미를 포함하지 않은 짧은 여행쯤이야 문제 될 거리가 안 된다고도 생각할 수 있겠지마는 그보다도 그때의 나에게는 절대로 필요한 휴식이 될 것 같기도 하였습니다.

S!

그때의 나의 그 괴로움이란 무엇이었을까요. 그것은, 나의 이혼이었습니다.

이혼! 이것은 과연 중대한 문제이지요. 그러나 나는 이혼이란 그것이 중대한 문제인 까닭에 괴로워한 것은 아니랍니다. 이것은 제삼자의 눈에는 중대한 문제로 보였을지 모르나 나로서는 급작스런, 무리라고는 하나도 없는 가장 자연스런 해결이라고 생각되었기 때문입니다.

하늘을 우러러 던진 돌멩이는 반드시 그 높이에서 떨어져 땅에 닿을 때까지의 얼마간의 시각만이 문제이지 반드시 도로 땅 위에 떨어짐에는 틀림없는 자연법칙입니다.

나의 결혼은 하늘을 향하여 돌멩이를 던진 것과 같은 결혼이었어요.

그러면서도 나의 주위는 그 던진 돌멩이가 무사히 그대로 공중에 매달려 있을 기적을 신념하고 있었고 희망하고 있었던 것이었지요마는 나 자신은 반드시 땅 위에 되떨어지는 법칙을 분명히 알고 있으면서도 부득이 모르는 척이라도 해보려 애썼으나 그러기에는 너무나 내가 무지하지를 못했습니다.

이 법칙을 분명히 너무나 잘 알고 있었던 나인까닭에 때로는 이미 떨어져버렸는가 하며 공중과 땅 사이의 거리와 그에 따르는 시각 문제를 잊어버리고 말 때가 있기도 했습니다. 내가 이러한 착각을 일으켰을 때에도 반드시 공중에 매달려 있으리라는 기적을 신념하는 사람들에게 실망을 주지 않으려고 나는 입을 다물고 참아왔고 견뎌냈던 것입니다.

내 주위의 억센 힘들이 재주껏 던져 올린 돌멩이! 이 돌멩이가 땅 위에까지 닿는, 그 떨어지는 시간 중에 내 눈은 휘둘리고, 내 가슴은 구토嘔吐에 가로막히고, 내 전신은 전율과 공포에 떨렸습니다.

그러나 이것은 다만 시각 문제였을 따름인 줄 잘 아는 나였기 때문에 가만히 죽은 듯이 견디며 기다릴 수밖에 없었습니다.

그러므로 나의 이혼은 나에게 평화와 안심을 일시에 가져온 것이 됩니다.

하늘로 올라갔던 돌멩이가 이제 제가 있어야 할 자리로 모진 비바람 속을 뚫고 땅 위에 내려앉은 셈이 됩니다. 모든 고난이 해소된 셈이어요. 나에게 괴로움이 될 이치가 없습니다.

나는 얼마 동안 내가 있던 이 땅에서 풍기는 그립던 흙냄새를 가슴껏 마셔보고, 두 발을 들어 힘껏 이 땅덩이를 굴러도 보았습니다. 나는 얼마나 기뻤는지요!

그러나 S!

이 기쁨은 짧았습니다. 나에게 두 번째로 굴러 온 문제! 그것은 또다시 엄연하게 내 앞을 막았습니다.

그것은! 내 주위가 너무나 무지한 까닭입니다. 그들은 나의 타고난 본질을 이해하지 못함이어요. 아니 기어이 이해하지 않으려고만 애쓰려 함이어요.

그들은 나에게 아름다운 보물이 되어 보고 싶고, 만지고 싶을 때 마음대로 할 수 있게 방 안 장롱 속에나 선반 위에 잠겨 있는 귀한 옥돌 되기를 원하는 것이랍니다.

그러나 S!

나는 불행히도 옥돌이 아니어요. 보물 되기를 또한 원치 않는답니다. 나의 가림 없는 본질은 거친 창파蒼波에 씻기어가며 제대로 다듬어지는 백사장에 흩어져 있는 조약돌이 아니라면, 험악한 산꼭대기에 모나게 솟아 있어 비바람 눈보라에 저절로 다듬어지는 바윗돌이 아닌가 합니다.

그보다도, 솟으며 떨어지며 감돌며 흘러가는 계곡물에 밀려서 넓고 깊은 바닷속까지 갈 수 있는 한 조각 모래가 됨을 원한답니다.

이러므로 고난에 피로한 내 자신이 잠시 쉴 여가조차 길지 못하게 조약돌 같은, 바윗돌 같은, 모래알 같은 나를 옥돌이 되리라는 두 번째의 기적을 바라는 내 주위의 은애에 얽매여버리게 된 것입니다.

나의 괴로움은 이것이었어요.

나에게 이혼한 여자란 불명예를 회복시키라는 것입니다. 그러자면 첫째 방 안에서 나오지 말아야 하며, 세상의 기구한 억측에서 흘러나온 갖은 비평을 일일이 변명하고, 그리고 주위의 명예를 위하여 세상에 사죄하는 뜻으로 근신하여야 되며, 그리고 얌전스런 여인으로서의 본분을 지켜야 된다는 것입니다. 그러면 새로운 행복이 나에게 오리라는 것이었어요.

그러나 S!

나에게는 하여야 될, 아니 하지 않고는 견뎌낼 수 없는 일이 있답니다.

그 일이 무엇인가를 당신은 잘 아시리다. 비록 마음속으로나마 일을 가지지 않고는 내가 산다는 뜻을 잃어버림이 됩니다.

그들은 너무나 나를 사랑하기 때문에 너무나 귀히 여기는 까닭에 나에게 '일'을 앗으려 하며 오직 안일만을 주려는 것입니다.

나는 참을 수가 없었습니다. 이러한 내 주위 속에서 견뎌낼 수가 없었습니다. 그러나 나는 이곳을 헤치고 나올 용기를 가지지 못했던 것입니다. 나에게서 용기를 앗아간 이유가 무엇입니까!

S!

어머니의 눈물입니다!

조용한 어머니의 눈물은 나에게서 모든 용기를 앗아가는 무기였습니다. 그 눈물은 오직 나에게 안일을 주려는 지극한 사랑이 근원되어 있습니다.

그들은 털끝만치도 나를 이해해주려고는 생각지 않아요. 다만 끝없이 사랑할 줄만 압니다. 그 사랑을 감수하지 않을 듯한 불안에 항상 슬퍼합니다. 그리고 내 마음을 달래보며 온갖 정성을 다해줍니다.

그들이 나에게 보내는 은혜의 깊이가 얼마나 큰지를 측량할 줄조차 모르는 나이기 때문에 나는 혼란하여져서 용기는 소멸되는 것이랍니다. 그럼으로써 나 스스로의 초조와 실망은 커갑니다.

그래서 나는 집을 훌쩍 나온 것이었어요. 나는 나를 어떻게 몰아야 할 것인지 극도로 혼란하여 머릿속이 파열될 것만 같았어요.

S!

우리가 탄 기차가 목적지에 닿았을 때 나는 문득 눈물겨워지며

"S! 김! 나는 이곳에 실컷 울러 왔어요."

라고 혼잣말같이 중얼거렸지요.

"울기 위하여?"

하며 이상스럽다는 듯이 눈이 휘둥그레져

"무슨 까닭과 이유인가요."

라고 물으셨지요?

"나는 삶의 패배자입니다. 확실히 나도 패배자의 일형―型이에요. 아니 패배자의 과정에 있다고 할까요! 그러므로 이미 멸망하여 버린 옛 왕터는 내 슬픔을 나누기 적당한 곳이어요."

나의 대답은 이러했습니다.

"우습습니다. 우리는 옛 자취를 찾아 지금의 내 삶에 장식이 될 조그마한 무엇이라도 하나 얻어보려고 생각하는데요! 나는 아직까지 울어본 기억이라곤 별로 없습니다. 동지였던 K가 너무나 억울

한 죽음을 하였을 때, 나는 애석하고 분함을 못 참아 크게 운 기억이 있을 뿐이지요. 나는 울 만치 큰 감격을 받아보지 못했습니다. 내가 뜻하던 바 일이 천신만고를 겪은 후 성공하는 날이 있다면, 그때는 너무나 기쁨의 감격이 극도에 이르러 혹 눈물이 좍, 흘러내릴 것 같은 느낌은 있었어요. 울 곳을 찾아간다! 너무나 로맨틱한데요. 당신은 벌써 인생의 절반이나 살아버린 것 같은데 어쩌면 한가하게 울 곳을 찾아가는 여가를 가졌습니까? 나는 잠시라도 무의미한 일로 시간을 보내지 않습니다. 여가가 없어요. 사람의 일생이란 긴 듯하면서도 무척 짧은 것이랍니다. 당신의 삶은 너무나 한가합니다. 한가한 삶이란 대개 무의미한 것이어요."

당신은 조소하듯 말하셨지요! 나는 귀를 기울이고 입을 다물고 말았던 것입니다.

"한가한 삶! 그것은 무의미합니다. 그런 줄 나도 잘 알아요. 그 까닭에 나는 그 한가한 삶에서 벗어나려고 애쓰며, 애쓰면 쓸수록 나는 더욱 얽매여 가기만 합니다. 늙었을 때의 안일을 위하여 젊은 내 혼이 산천과 조수鳥獸를 벗하여 그 가운데 고요히 호흡하라는 삶을 아직 젊은 내가 어떻게 참을

수 있을까요! 나는 젊어요. 나에게는 발열한 긴장
으로 희망의 피안을 향하여 맹진하는 분위기가 욕
망될 뿐입니다."

나는 부르짖듯 말했지요!

"그러면 왜 그 욕망을 무시하고 울 곳을 찾아 아
까운 시간을 허비합니까."

당신은 한결같이 나를 웃었습니다.

"나는 내 욕망을 위하여 싸웁니다. 그러나 나는
이겨내지 못해요."

"이겨내지 못할 만치 굳센 것은 무엇입니까."

"어머니의 눈물이어요."

"아! 난센스다. 모두 울음, 눈물로 시종한단 말이
어요?"

라고 당신은 가가대소하였습니다. 나는 가슴을
쥐어박힌 것같이 멍하여져 눈만 번쩍 뜨고 있었지
요! 당신의 웃음소리는 나에게 웅장하게 울려오는
경종 소리 같았습니다.

"당신들은 모릅니다. 모두 피상적 관찰이며 이
론입니다. 나의 이 괴로움에 가장 상식적 비판에
그치는 겁니다. 좀 더 내 환경을 들여다보면 누구
나 간단하게 결단치 못하는 괴로움임을 알 것입니

다."

이윽한 후, 우리는 석굴암을 향하여 걸어 올라
가며 나는 이렇게 말하였습니다. 당신의 굳센 삶
에 대한 굳은 자신에 충만한 일거수일투족이며,
단 한 번의 웃음 가운데 무서운 기백을 감수하였
던 것입니다. 그리고 그 옛날 죽음을 돌보지 않고
다만 동지들과의 굳은 결합 가운데서 용진하고 분
투하던 때가 다시금 내 앞에 당도한 듯도 하였으
며, 지금까지 나 한 몸에 얽매여 살기로 걸음을 돌
린 이후의 모든 괴로움이 그 자리에서 티끌만 한
가치도 없는, 하나 난센스로밖에 뜻을 가지지 못
하게 될 듯하여 어떻게든지 나는 나의 괴로움이
얼마나 심각한 문제였던가를 당신에게 주장해 보
이고 싶었으며 그리함으로써 나를 지지하려 했습
니다.

"당신은 방향 전환을 한 후의 감상이 어떠했던
가요?"

라고 마치 나의 가슴을 투시하듯 이렇게 물었지
요?

"나는 무한한 고독을 느꼈습니다. 큰 단체에서
떨어져 나온 나라는 것이 얼마나 고독하며 얼마나

무가치하며 얼마나 외로운 것인가를 알게 되었을
뿐입니다. 나에게서 그 열렬하던 의기가 사라져가
는 비애를 느꼈습니다."

나의 이 대답은 진정한 고백이었습니다.

"그런 거랍니다. 단체적 훈련을 받아온 사람은
혼자 떨어져 나오면 개인적으로는 아주 무력한 인
간이 되고 마는 것인가 봐요……"

당신은 이윽히 묵묵하게 뚜벅뚜벅 걸어갈 뿐이
었습니다.

"그때의 우리가 표방하던 주의며 주장을 이제
와서 어떠한 것임을 말할 필요는 없는 것입니다.
다만 나는 당신에게 그때의 그 열렬하던 용기와
의기만을 다시 가지라는 충고를 하고 싶을 뿐입니
다. 당신의 삶의 목표며 생각이 어떠한 길을 향하
여 있다든지 그것은 잠깐 그만두더라도 그저 그
열렬하던 용기를 어서 회복시키세요. 그러면 당신
에게서 그 괴로움이 사라져버릴 것입니다."

라고 타이르듯 말하셨지요! 나는 이 말을 듣고
내 가슴 한구석에서 무한한 학대와 무시를 받으며
병들어 있는 무엇이 그제야 고함을 치는 듯하였습
니다.

석굴암을 구경하고 내려와서 김과 셋이 여사旅舍
에서 하룻밤을 쉬는 동안 당신은 나에게 용기를
주려고 갖은 애를 쓰셨습니다. 그 하룻밤을 새우
고 난 나는 이른 아침 다시 식탁에 모였을 때 나의
모든 지난날이며 앞날을 적나라하게 비판하여 본
후 가장 바른 내 길을 찾아야 될 절박한 생각에 차
있었습니다.

"석굴암! 과연 위대한 예술입니다. 나는 그에 대
한 문외한이기는 하지마는 단지 그렇게 느껴졌습
니다. 우리도 위대한 무엇을 하나 창조합시다. 지
난날의 것이 아닌 오늘날의 것을 창조하기로 분투
합시다."

라고 당신은 아침 인사 대신 이렇게 말하셨습니
다. 나는 아무 대답도 할 마음의 여유가 없었으므
로 엉뚱한 말을 하게 되었던 것이랍니다.

"S! 당신은 나에게서 옛날의 용기와 정열을 다
시 가지라고 합니다. 그러나, 내가 그러한 사람이
된다면 나의 어머니의 눈물은 더 심각해지고 더
많아질 것입니다."

라고요……

"아! 아, 또 눈물 이야기여요? 당신은 눈물이 아

니면 말을 못하는 셈이십니다. 울음이란 지금의
우리에게는 한낱 난센스여요. 우리는 앞으로 일
초의 쉼도 없이 맹진해야 될 사람입니다. 울어가
며, 울고 있는 이유가 대체 어디 있으며, 울고 있는
무의미한 사람에게 매달려 고민하고 있을 턱이 어
디 있는가요."

당신은 조소하였지요?

"그러나 S! 이것은 생각함으로써 있고 없어질
문제가 아니어요. 엄연히 존재하여 있는 현실입
니다. 어머니는…… 단 하나인 딸에게 자기의 모든
삶을 걸고 있어요. 그는 나의 행복을 위하여 일생
을 바쳐주었습니다. 그리고 지금의 이 땅의 현실
에 있어서는 나라는 것이 아무 힘도 의욕도 없는
지극히 평범한 인간이 되어 어머니의 환경에 칭찬
받는 그러한 딸이 되기 바랍니다. 집 안에서 나 혼
자 어떠한 생활을 하든지 또는 그들이 나를 위로
하기 위하여 얼마나 큰 희생을 하든지 그것은 돌
보지 않고 다만 어머니의 환경에 가장 아름다운
타협을 한 착한 딸이 되고, 칭찬받고 부러움받는
정숙스런 여인이 되라고 합니다. 그것이 그들의
간절한 요구입니다. 내가 만일 이때에 어머니의

그 바람을 배반한다면 어머니는 자살이라도 할 것
이어요. 그만치 그는 인습적입니다."

"그래서?"

"그러니까 나는 도저히 어머니의 바라는 삶으로
서 단 하나밖에, 그나마 얼마 남지 않은 내 삶을 허
비할 수가 없어요."

"그래서?"

"그러니까 나는 괴로운 것입니다. 나의 이성은
도저히 어머니의 생각과 타협할 수 없답니다."

"그러면?"

"그러면 나는 나를 위하여 살아야 됩니다. 그러
나 S! 나의 방향 전환 이후의 고독과 외로움을 위
로해준 것은 어머니의 사랑이었어요. 이 묵중스런
대지도 움직이는 때가 있지요마는 어머니의 사랑
은 내가 죽고 없는 날까지 움직이지 않는 절대의
것이니까요! 나는 변하지 않는 절대를 믿고 싶고
그것만이 참인가 합니다."

"하하하! 변하지 않는 것을! 당신은 너무나 학대
받은 자의 비꼬인 생각을 가졌군요."

"……"

"이 세상은 변하고 움직이는 데 뜻이 있는 거랍

니다. 변함이 없는 세상! 그것은 질식입니다. 당신
이 그 옛날 수천의 군중을 향하여 사자후하던 사
람입니까? 왜 이다지 모호하고 절벽 같은 멍청이
가 되었는가요?"

곁에 앉았던 김은 참을 수 없다는 듯이 외쳤지
요? 당신은 고소를 띠고 앉아 가엾다는 듯 나를 바
라보았습니다. 그리고

"오직 변하면 안 될 것은 자기의 신념뿐입니다."

라고 단 한마디 말하셨습니다. 그리고 또 이윽
한 후

"당신의 어머니의 눈물을 거두려면, 그 방법은
단 하나밖에 없는 것입니다."

라고 말하셨습니다.

"무엇이어요? 어떠한 방법일까요."

나는 미친 듯 파고 물었지요!

"오직 당신의 변치 않는 신념! 그 신념에 매진하
는 것뿐! 그것이 당신의 어머니를 불안에서 구하
는 것이 됩니다. 당신의 갈 길이 얼마나 뜻있는 것
인가를 잘 이해시킨 후 절대 불굴의 보조로 걸어
가십시오. 그때는 어머니가 당신을 애호할 것입니
다. 굳은 신념! 절대 불굴의 정신! 이것은 또 절대

의 힘이랍니다. 절대의 힘! 이것이라야 모든 것을 정복합니다."

"환경이, 더구나 이해 없는, 당신을 알지 못하는 환경이 어떻게 비방하든 욕하든 그것이 문제시될 턱 없습니다. 나는 온 세상이 비방한대도 내 신념을 버리지는 않습니다. 세상에다 자아를 자랑하고만 싶은 허영을 버리세요. 세상은 으레 욕하고 시기하고 싶어 하는 것입니다. 그런 세상의 성미를 다 맞춰주려면 결국 당신 자체는 가치 없는 하나 흙무덤으로 그치고 말 뿐입니다. 도리어 세상을 내 성미에 맞도록 만드세요!"

"……"

"사람이란 눈앞의 작은 위안에 빠져서 가장 중대한 큰 찬스를 놓치는 때가 많은 것이랍니다."

"……"

당신은 말이 없는 나를 달래듯 위로하듯 어디까지든지 자아를 주장해나갈 용기를 고취하여 주었지요?

"그리고 무엇보다도 당신은 건강해야 됩니다. 왜 늙은이처럼 늘 앓아요! 이처럼 맛있는 음식을 먹지도 못하고 아침부터 죽 그릇을 들고 앉았으니 그것이 말이 됩니까."

라고 내가 위병 까닭에 아무것도 먹지 못하고 오트밀 그릇을 앞에 놓고 앉았는 것을 들여다보며 말하셨습니다.

"아픈 것! 누가 일부러 아프려고 합니까. 나의 오랜 고민의 생활이 나를 이렇게 만들었던 것이지요! 그러시지 않더라도 내가 아프지 않은 순간에는 온갖 용기가 다 나옵니다마는 아픔이 시작될 때는 아주 자포가 되어요."

"그러기에 말이 아니어요? 나는 앓지 않는답니다."

"당신은 원래 건강하시니까……"

"아니어요. 나는 나의 굳은 신념이 나를 건강케 해준답니다. 스스로 자기 몸을 중히 여기고 싶어지니까요! 신념이 없는 사람은 모든 것을 되어나가는 대로 맡겨두고 턱없는 꿈에만 빠져서 요행이나 바라고 있을 뿐이지요!"

아! 나는 정말 내 앞이 밝아지는 듯했답니다.

나는 당신과 얼마 동안이라도 한곳에 있다면 얼마나 용감해질까, 라고 느꼈습니다.

S!

그러나 우리는 오래 한가지로 할 수 없는 것이
었어요. 당신과 김은 서울을 향하고 나는 나대로
집으로 돌아왔지요.

이것이 당신과 내가 우연히 서로 알게 되어 얻
은 바 수확이었습니다.

"집으로 돌아가세요! 그리고 어머니에게 당신
의 신념 되는 바를 설명하십시오. 그리 오래지 않
아 당신에게 기쁜 날이, 진정한 행복된 날이 돌아
올 것입니다. 그리고 독서를 하세요. 당신의 가족
들이 아무리 못 하게 하더라도 당신만 마음먹으면
반드시 됩니다. 다 잠든 틈을 타서 읽으시오."

당신이 나에게 하직한 인사말은 이것이었지요!
그리하여 우리는 어느 때 다시 만날 기약조차 없
이 갈라지고 말았던 것입니다.

나는 그길로 집에 돌아왔던 것이나 내 귀에는 굳
센 당신의 가지가지의 말이 꽉 박혀 있었습니다.

그 이튿날 나는 어머니의 권함을 버리지 못하여
경성으로 오게 되었던 것입니다. 좋은 의원이 있
다는 어머니의 친구에게서 편지를 받았기 때문이
었어요. 그리하여 나는 무엇보다도 먼저 병을 낫
게 하기 위하여 그 의원을 찾아 상경하게 되었지

요!

물론 상경은 하지마는 당신과 김이 어디 있을지 아무 약속이 없었으니 서로 만날 수는 없는 것이었으니까 아예 그런 생각은 염두에 두지도 않았던 것이었습니다.

그리하여 나는 그 이튿날 경성을 향하여 떠났던 것이었지요!

우연! 우리에게 두 번째의 우연이 또 왔습니다. 당신과 김은 상경하던 길 도중에 대전서 내려 하룻밤을 유성 온천서 쉬고 난 후 내가 탄 기차에 오르게 되었던 것이었습니다.

이리하여 우리는 기약 없이 두 번째 우연 속에서 만났던 것입니다.

나는 기뻤어요. 무척 반가워 서로 무의식간에 손을 마주 잡았던 것입니다. 그리운 옛 벗을 만난 듯하였어요.

몇 날간을 서울서 보내는 동안에 당신은 나에게 기탄없는 충고를 하였고 용기를 고취하여 주었지요? 그리고 우리는 어느 사이엔지 굳게 손을 마주 잡고

"서로 힘이 되어줍시다."

라고 약속하는 동무가 되었고

"서로 마음의 괴로움을 호소하며 기쁨을 나누는 뜻있는 동무가 됩시다."

라고 맹세하였습니다. 나의 가슴에 저기압은 사라져간 듯하였고 스스로 내가 나아갈 길이 밝아져 왔던 것입니다.

세 번째의 우연! 그것도 역시 기차 위에서입니다. 나는 트렁크에 약을 가득 지어 담고 그것으로써 기어이 내 병을 고치고 말리라고 결심하며 집으로 돌아오는 기차 속에서 또다시 당신을 만났던 것입니다.

서울서 우리가 헤어질 때는 내년 봄에 내가 건강을 회복한 후 다시 만날 기회가 있으리라는 것과, 서로 주소를 알리며 자주 서신 왕복이나 하자는 약속으로 떠났던 것이었는데 내가 의원에게 일주일간 진찰을 받는 동안 당신은 평양과 개성을 구경한 후, 당신의 고향인 동경으로 돌아가는 차중에서 또 우연히 만났던 것입니다.

이상스런 세 번째의 우연의 해후에는 당신도 놀라는 얼굴이었습니다. 나는 너무나 기이하여 내가 마치 무슨 눈에 보이지 않는 운명에 희롱을 받는

듯하여, 반갑고 기쁘다느니보다 몸에 소름이 끼쳤
습니다.

"정말 잘도 만나집니다!"

당신은 차창으로 내려다보며 아직 놀란 장닭처
럼 서 있는 나에게 말하였습니다. 마치 내가 당신
의 뒤를 쫓아다니며 이러한 우연을 만드는 것 같
아 잠깐 불쾌하기도 했습니다. 당신 역시 그러한
느낌인 모양이었습니다.

"우연! 신기한 우연! 우연이란 우스운 것입니
다."

나는 얼떨떨한 말을 하며 비로소 앉았습니다. 당
신은 한결같이 차창에서 고개를 돌리지 않은 채로,

"우연? 이 세상에 우연이란 것이 없어요. 피차 또
박또박 제가 지나야 할 코스를 밟아온 결과로 서로
그 코스가 한데 교차되었던 것에 불과하니까 그것
은 가장 자연적 결과입니다. 만일 이것을 이름 지
어 우연이라 한다면, 그 우연이 또한 인간 일생을
좌우하는 중대한 계기가 될 수가 있어요. 때로 인
간이란 우연에 좌우되는 수도 있는 것입니다."

라고 말하셨습니다. 나 역시 어디를 바라보고
있어야 좋을지 몰라 당신의 시선을 따라 차창 밖

을 내다보는 수밖에 없었습니다. 차창 밖은 늦은 가을이라 옮아가는 들판에는 이미 추수가 끝나고 저물어가는 황혼 속에 황량했습니다.

"보세요. 저 논둑에 불이 타고 있지 않아요? 그 것이 무슨 불인지 알아요?"

이윽한 후, 비로소 나를 돌아보며 말하셨습니다.

"내년 봄에 풀이 짙게 나라고 일부러 놓은 불이 지요."

"그렇습니다. 뜻 모르는 사람은 왜 풀뿌리를 태 워버리느냐고 할 것입니다. 당신도 지금 집으로 돌아가서 자기의 목적을 위하여 목적에 반대되는 수단이라도 취해야 될 때도 있을 것입니다."

당신의 이 한 말은 나에게 무한한 감명을 주었 습니다.

그때 기차는 어디를 달리고 있었는지 모르지마 는 먼 산 밑에 옹기종기 붙어 있는 초가집들에서 는 한가하게 저녁연기가 오르고 있어 나에게 망향 의 슬픔을 자아냈습니다. 나는 무슨 까닭인지 소 리 없이 눈물이 흘러내렸어요. 당신은 보지 않는 척하며,

"용기가 흔들리며 마음이 약하여질 때는 반드시

편지하십시오. 그러면 나는 당신의 힘이 될 서적이나 편지를 보내겠습니다."

라고 은근히 위로해주셨습니다.

"S! 나는 아픔이 시작될 때마다 삶의 노력이 우습게 보여져요. 집에 있을 때, 뒤창을 열면 멀리 산이 보이고 그 산허리에 두세 집의 화전민이 살고 있는 것이 보입니다. 그 사람들은 일생에 한 번 기차를 타보지도 않고 다만 그날그날 먹고 입을 것만 있으면 그 이상 더 바람도 욕망도 없이 살고 있습니다. 그들은 다만 그러고 있다가 죽어버리지요. 나는 그것을 바라볼 때마다 그들이 정말 사람답게 사는 것 같아요. 사람이란 그저 살다가 죽는다는 것임을 가장 잘 알고 있는 것 같았어요."

나는 마음이 센티멘털해져서 이런 이야기를 하였던 것입니다.

"아니어요. 그것은 원시인의 생활입니다. 우리는 금일의 문화인이랍니다."

라고 당신은 나의 무지함에 실망한다는 표정으로 간단히 대답하셨습니다.

어느 사이에 우리가 탄 기차는 빠르게도 내가 내려야 할 역이 가까워졌습니다.

나는 공연히 가슴속이 초조하여졌습니다. 나는 당신을 떠나 있으면 무력해지고 약해질 것만 같고, 당신만 한곳에 있다면 나의 용기는 그칠 때가 없이 언제나 정열에 불타며 이지적 결단성을 가질 수 있을 것만 같았습니다. 그래서 나는 그대로 함께 당신이 내리는 곳까지 가고만 싶었어요. 도중에서 나 혼자 내리고 만다는 것이 나 혼자 낙오되고 마는 것 같게도 느껴졌습니다.

당신은 내 마음속을 잘 아셨음인지 기차가 K역에 닿기 조금 전에 먼저 벌떡 일어서서 나의 두 어깨를 잡아 나를 일으켜 세우며

"어서 건강을 회복하십시오. 내년 봄, 삼월에 다시 오겠어요. 그때까지 피차 많이 연구도 하고 검토도 해봅시다. 그리고 그때 피차 얻은 바 결론을 말하기로 합시다."

라고 한마디 한마디에 힘을 주어 분명한 발음으로 일러 듣게 하셨지요!

나는 얼른 그 말의 진의가 무엇임을 알아내지도 못하고 기차가 K역에 닿고 말았으므로 그대로 내려버리지 않으면 안 될 때였습니다.

"어서 내리십시오. 내려야 됩니다. 눈앞에 있는

정열에 지배되는 속인俗人이 되지 맙시다. 적어도 먼 앞날까지를 검토해보아야 됩니다."

"……"

나는 무슨 말을 하여야 적당할지를 모르고 그대로 플랫폼에 내려섰습니다.

"내년 봄에 다시 만납시다, 꼭! 그리고 그때까지 생각에 결론을 얻어두십시오. 서로 진보된 보고를 합시다."

움직이는 기차에 따라가는 나의 손을 힘껏 잡고 큰 소리로 말하며 당신의 커다란 두 눈은 햇볕같이 정시할 수 없게 찬란하게 빛나며 나를 바라보셨습니다. 그 찬란한 빛은 내 몸을 남김없이 불태웠습니다. 나는 내가 살아 있음을 비로소 안 것 같았습니다.

S!

그리하여 당신은 떠나갔습니다. 나는 갑자기 두 눈이 어두워지도록 눈물이 가득 고이며

"S! 당신은 '힘'이어요. 지금의 나에게는 오직 '힘'이 필요할 뿐이어요."

라고 부르짖었습니다.

집으로 돌아온 후 나는 하루라도 속히 건강을

회복시키려고 애쓰며 한편 나를 위하여 바른길을
잡으려 애썼습니다.

나의 이 변화는 집안사람들이 잘 눈치챘음인
지, 그들에게 기어이 타협할 것 같지 않을 나를 인
식하였음인지 갑자기 불안에 떨기 시작하였습니
다. 그리하여 그들은 자기들의 삶에 매력을 가하
여 나로 하여금 굴복케 하려고 갖은 정성을 다하
였어요.

나는 아픈 위를 부여잡고 냉정하게 어머니의 눈
물을 위로하며 차츰차츰 나의 의도하는 바를 납득
시키려 시작했던 것입니다.

그리고 또 하나, 당신이 내려준 과제! 내년 봄 삼
월에 보고할 것을 검토해보며 연구하려 했습니다.

그러나 잠시도 그러한 조용스런 시간이 나에게
오지 않았으므로 끝없이 초조하였던 것입니다.

S!

이 밤은 몹시도 적막한 정적 가운데 깊어졌습니
다. 나는 더 검토할 것도 더 연구할 필요도 없음을
이제 이 깊은 침묵의 대기 속에서 느꼈습니다.

"당신은 '힘'이어요. 나에게는 오직 '힘'이 필요할
뿐입니다."

이것이 결론이어요. 이외에 다시 더 아무것도 생각할 필요가 없어요.

S!

이제 남은 문제는 다만 나의 건강을 회복시키는 것뿐입니다.

내년 봄 삼월!

S!

그때 당신에게 말할 결론이 이 밤에 나타났어요. 그리고 나는 내가 취할 바 길을 분명히 알아냈습니다.

나에게도 신념이 생겼습니다.

S!

나에게도 갈 길이 명백히 나타났어요.

3

S!

그 고요하던 밤이 벌써 새어갑니다.

이제 새로운 아침이 밝아옵니다. 나는 잠옷 위에다 두터운 가운을 둘러 입고 내 방을 나섭니다. 창에 내려져 있는 커튼을 헤쳐버리고 언니가 정성

껏 깔아준 호사스런 금침을 걷어차고 나는 용감스
럽게 그 방을 나섰습니다.

하룻밤의 정적 가운데서 찾아낸 내 영혼은 티끌
하나 없는 깨끗한 그리고 새빨갛게 내 가슴에 안
겨 있습니다.

S!

당신과 내가 만나고 떠나고 하던 그때는 늦은
가을이었사오나 지금은 겨울입니다.

고요하게 새어오는 겨울의 아침 공기는 지극히
청정합니다. 대자연의 가장 아름다운 본성을 나타
내고 있는 듯하여요. 청정된 내 영혼을 영접하여
주는 듯합니다.

S!

나는 뜰 가운데 서 있는 가장 크고 웅장스런 봉
숭아나무 곁으로 걸어갔습니다.

잎사귀 다 떨어진 뼈만 남은 가지들은 마치 죽
은 듯 말라진 듯합니다. 나는 그중에도 가장 가느
다란 한 개의 젓가지*를 잡아보았어요. 서리 맞은
가지의 감촉은 싸늘하게 내 손끝에 느껴졌습니다.

---

* 원가지에서 돋아난 가느다란 곁가지.

나무는 말라진 듯합니다. 그러나 나의 어머니는 이 나무를 정성껏 가꾸십니다.

왜 말라버린 것 같은 이 나무를 가꾸실까! 나는 손끝에 힘을 보내어 잡았던 가지를 자끈, 하는 소리를 내면서 분질렀습니다.

그러나 S!

그 작은 젓가지 하나에도 약동하는 생명의 줄이 흐르고 있음을 보았습니다.

'나의 어머니가 너를 가꾸심이 이것이다. 너는 아무리 죽은 듯하나 군세게도 살아 있었다. 말라버린 껍질 속에서 너는 훌륭히 살아 있었다. 모진 삭풍에 부대끼어 그 잎사귀를 다 빼앗기고 말았어도 너는 너대로 다시 오는 봄을 기다려 너 혼자 누구에게도 알리지 않고 가만히 살고 있었다.'

나는 가슴속으로 부르짖어 보았던 것입니다.

그리고 커다란 한 가지를 와지끈 분질러보았습니다. 제가 얼마나 훌륭히 살아 있는가를 내 눈으로 보고 싶은 욕망에서……

고함치며 누구에게라도 보이고 싶었어요.

S!

돌아오는 봄 삼월에 당신에게 드릴 보고는 이제

훌륭히 준비되었습니다. 그리고 당신이 나에게 말할 결론도 벌써 완성된 줄 알겠습니다. 나는 봄을 기다리기 싫습니다. 이 차디찬 겨울에도 훌륭히 살아 있는 나를 한시바삐 알리고 싶습니다.

내가 살아 있다는 것을 바로 보라고 눈을 뜨게 해준 당신입니다.

S!

내가 얻은 바 결론을 이제 보고합니다.

나는 나를 갖은 수단을 다하여 속아달라고 달려왔을 뿐입니다. 나는 나를 속이지 못하여 고민하였고 울어왔을 뿐이었어요. 이렇게 함으로써 세상에 아첨하였던 것입니다.

나를 사랑하는 어머니. 나에게 끝까지 행복하고 안일을 바라서 우는 어머니! 그에게 내 삶을 내 스스로 파악하고 굳세게 살아가며 어느 때나 용감하게 보임으로써 비로소 안심과 만족을 얻도록 할 것이어요. 내가 나를 속이는 괴로움을 지닌 채 지금의 그의 마음을 형식적으로 위로한다면 그는 일평생 나의 불행을 슬퍼할 것이어요.

그러면 이곳에서 내가 취할 바 길이 스스로 밝아지는 것입니다. 내가 취할 바 길! 이것이 무엇인가! 그것은 나를 속임 없이 가장 아름다운 양심으로 내가 뜻한 바 길을 매진하겠다는 것입니다.

가도 또 가도 내 정성, 내 힘을 다하여도 얻는 바가 없다면 그것은 나 자체의 본질의 무력함이니 그것을 이제 말할 필요는 없습니다. 얻는 바가 있든지 없든지 나는 다만 내 생명이 다할 때까지 매진할 뿐입니다. 나의 취할 바 이 길에서 다만 일 초간의 한눈도 팔지 않을 것이며 모든 비방이며 유혹의 옆길을 나는 관계하지 않으렵니다.

S!

내가 나를 속이지 않는, 그리고 가장 아름다운, 그렇습니다. 가장 아름다운 마음으로서 뜻한 바 길을 매진한다!

나의 결론은 이것입니다.

그리고 또 한 가지, 만일 내가 나를 속이지 않는다면! 당신에 대한 내 마음도 속이지 못할 것입니다.

속임 없이 보고한다면! 나는 당신의 곁에서 나라는 것을 더한층 완성시키고 싶습니다. 나의 용기와 정열에 북돋움을 받고 싶습니다. 이 마음은 나라는 것을 나 혼자의 힘으로 운전해갈 수 없는 약자의 말 같기도 합니다. 그러나 이런 생각은 너무나 오랫동안 환경과의 갈등 속에서 헤어나지 못하는 약자로서 고민해온 나이기 때문에 바라던 욕망인지도 모릅니다.

좌우간 나는 당신의 절대적인 '힘'을! 아니 그 힘에 의지하고 싶은 마음이어요. 한개의 여인으로서 한개의 남성인 당신에게 의지하고 싶다는 이 생각을 사랑이라고 합니까? 연애라고 하는지요!

그러나 S!

나는 누구에게도 당신을! 또는 당신이 나를! 연애한다!고 생각하기가 분한 듯합니다. 모욕을 당하는 것 같습니다. 이성 간의 애욕을 초월하였다고 말하기도 속된 것 같습니다.

내 입으로 분명히 말한다면, 나는 당신에게 '연애 이상'이라고 하겠습니다. 그것을 무엇이라고 이름 짓는지 나는 알지 못하며 알려고 애쓰기도 싫습니다. 다만 '연애 이상'이라고밖에 아무런 표현도 할 수 없습니다. 왜냐하면, 연애는 미美입니다. 신비로운 미이어요. 그러나 나는 당신에게 그 신비스런 미의 감정을 지나 '힘'이란 느낌을 가진 까닭입니다. 힘은 모든 것을 정복하는 '절대'의 미를 가졌어요.

S!

그러면 가장 실질적, 현실적으로는 나의 이 결론이 어떠한 형식으로 전개될 것인가! 그것은 지금 결론을 내릴 수 없습니다. 당신이 가진 바 그 '힘'은 어떻게든지 전개시킬 수 있는 것인 까닭입니다. 그러므로 오직 이 섬세한 문제는 당신과 내가 내년 봄 삼월에 다시 만날 그 순간에 결정될 것이라고 생각합니다.

S!

그러면 내년 봄 삼월까지 나는 무성한 잎사귀를 한 가지 가득 움트게 할 정열을 아름답게 다듬어 둘까 합니다.

2. 천국에 가는 편지

(S가 가 있는 곳은 재래在來의 천국이 아니다. 희망의 녹기綠旗를 높이 꽂은 저 봉우리 위이다.)

S!

왜?

이다지 장난이 심하십니까! 아무리 장난이더라도 거짓말하는 것은 꽃은 즐기지 않는답니다.

S!

오늘은 바로 이월 이십팔 일! 즉, 이월 그믐날이랍니다. 이 하루만 지나면 우리가 기다리던 그 봄, 삼월이옵니다. 내일 날부터 시작되는 그 삼월 달에 우리에게 훌륭한, 그야말로 환희에 넘치는 삶을 함께 느낄 수 있는 날이 있는 것입니다.

그런데, 그런데, 이 장난이 무슨 우스운 장난입니까?

나는 믿을 수 없습니다.

나는 이해할 수 없습니다.

당신이 나에게로 오는 날을 어떻게 하고, 그 영민한 당신이 어떻게 잘못되어 길을 헛드셨는가요!

나에게로 올 길을 어이하여 천국으로 헛가셨는가요!

이 어인 일이오이까?

S! 오! S!

S! 당신이 죽었다! 내가 이 말을 믿을 수 있으리라고 생각하셨습니까.

나는 웃어요, 웃습니다. 만일 내가 지금 울었다

면…… 당신은

"난센스다. 내가 죽을 인간이던가? 그 말을 믿고 울었던가요! 당신은 왜 그리도 어리석을까."

하고 조롱할 것만 같아요.

"신념이 없는 까닭에 아픈 것이어요."

라고 나에게 주먹을 쥐어 보이며 말하던 당신이었어요.

당신이 연구하고 검토하여 얻은 바 결론을 서로 보고하자던 그 삼월이 내일부터 시작되려는 오늘! 당신이 나에게 죽음을 알려주는 그 마음이 무엇입니까.

당신의 죽음이 나에게 무엇을 의미하는 것입니까? 무엇을 암시하는 것이오이까? 무슨 의미일까요! 대체 나는 해득하지 못합니다.

나는 이 삼월을 위하여 당신이 내린 그 과제의 해답을 훌륭하게 준비하였답니다.

첫째, 나는 아픔을 정복했어요. 완전히 건강이 회복되었어요. 당신에게 밑지지 않을 건강한 몸과 마음을 준비하였답니다.

그리고 어머니, 그 눈물 많던 어머니의 눈은 이제 한 방울의 흘림도 없이 힘 있게 빛나고 있습니다. 내가 잡은 바 굳은 신념! 그것은 바로 어머니에게도 안심이 되었습니다.

그런데, 그런데, 당신의 죽음은 지금 방방곡곡까지 알려졌습니다. 신문, 잡지, 모조리 뒤져봅니다. 그 정열에 넘치는 당신의 뚜렷한 면영面影 곁에 검은 줄이 그어져 있습니다. 그러나 나는 믿지 않으렵니다.

아니 믿지 않는다는 나의 고집을 당신이 또한 웃을 것 같습니다. 아! 아!

"사실은 이렇게 죽었음을 증명하는데 왜 믿지 않으려는 것입니까? 사실을 무시하는 거짓을 가집니까."

라고 나를 꾸짖을 것 같습니다.

그러면 나는 당신의 죽음을 믿는 것이 바른 일입니다. 이런 맹랑스런 사실을 생각으로나마 할 수 있는 일입니까?

S!

그 굳센 당신이 이제 벌써 한 줌의 회색빛 재로 변하고 말았습니까? 당신의 그 '힘', 그 맹렬한 의기는 어디 있습니까? 어디다 두고 당신은 얼마의 석회분으로 변하고 말았던 것입니까?

그 맹렬한 의기! 당신은 어디다 두었습니까. 지금 어디 있는가요!

내가 가야 될 길! 단 하나 바른 나의 궤도 위에 올려 세운 내 기차는 지금 초속력으로 달리고 있습니다. 나의 목적지를 향하여……

왜? 당신은, 나에게 바로 달려가라고 말하던 당신이 무슨 까닭으로 적신호를 하는 것입니까?

이것이 나에게 무슨 의미를 암시함인가요!

나는 눈물 없는 두 눈을 똑바로 뜨고 가슴 가득 울음을 안고 갈 바를 잃고 거리로 뛰어나갔습니다.

아무리 헤매도, 아무리 걸어가도, 다만 내 눈에 보이는 것은 희미한 가등과 네온 라이트에 처참스럽게 번쩍거리는 두 줄기 전차 선로뿐이어요.

나는 찾았습니다. 기어이 찾아내려 했습니다. 내가 준비하여 두었던 그 보고를! 연구하고 검토하여 얻은 바 그 결론을 말하려던 당신을 찾았습니다.

가다가, 또 걸어가다가 나는 문득 멈추어 섰습니다. 이윽히 서 있었습니다. 그리고 돌아섰습니다. 나는 집으로 돌아왔습니다.

당신의 죽음이 나에게 무슨 의미를 가졌는가를

나는 문득 깨달았던 것이었어요.

S!

"가장 유의한 동지가 가석한* 죽음을 하였을 때밖에 운 기억이 없다."

던 당신의 말이 생각났던 것입니다. 그리하여 나는 내 방문 굳게 닫고 가슴이 파열될 것같이 꽉꽉 들어찬 울음을 얌전히 엎드려 소리 없이 서리서리 풀어내었습니다. 그 눈물 속에 내 몸이 잠기었습니다.

S!

당신은 태양보다 맹렬한 의기로 살았으며, 죽음 역시 사십오 도의 맹렬한 열熱로서 마쳤습니다.

당신의 삶도 간결하였고, 삶을 청산함에도 단 하루 동안에 다 하였다 하오니 당신은 삶과 죽음이 다 함께 간결하였습니다.

S!

'힘'! 절대의 미! 이것이 당신이었으니, 이런 당신에게 죽음을 당한 나이지마는.

나는 아직 살아야 되는 엄연한 사실을 앞에 놓고

---

* 몹시 아깝다. 애석하다.

있습니다. 당신이 나에게 두고 간 그 굳센 의기! 이 것만은 당신의 죽음이 앗아가지는 말아주십시오.

나는 당신이 두고 간 그 맹렬하던 의기의 한 조 각을 내 죽는 날까지 놓을 수 없습니다. 나는 힘껏 틀어잡고 내 삶을 지탱해나갈 것이며 내 가는 길 의 운전수를 삼겠습니다.

그러면 S!

나는 이제 당신의 죽음을 슬퍼만 하는 끝없는 눈물 속에 잠긴 내 몸을 건져내렵니다. 그리하여 내 가는 바른 궤도 위에다 올려놓으렵니다. 그리 고 당신이 두고 간 그 맹렬한 의기의 운전으로 죽 음의 경계선에 들이대일 순간까지 쉬지 않고 달려 가리다.

S!

그 후에 조용히 내 몸에서 삶의 먼지를 활활 털 고 공손히 꿇어 엎드려 당신이 두고 갔던 나의 운 전수를 도로 바쳐드리리다.

S!

그날까지 나는 나의 운전수와 단둘이서 서로 축 복하며 서로 보호하오리다.

오! S!

　당신은 살아서 나에게 '힘'을 가르쳐주었으며
죽어서 나에게 희망을 가르쳐주었습니다.

《조광》, 1939년 5월

소설

*

아름다운 노을

높은 산줄기 한 가닥이 미끄러지듯 쓰다듬어 내린 듯, 소롯하게 내려와 앉은 고요하고 얌전스런 하나의 언덕!

언덕이 오른편으로 모시고 있는 높은 산에 자욱한 솔 잎사귀 빛은 짙어졌고 때때로 바람이 불어오면 파도 소리같이 쏴아 운다.

언덕 뒤 동편 기슭에는 저녁 짓는 가난한 연기가 소롯소롯이* 반공중으로 사라져가며 몇 개 안되는 초가지붕들은 모조리 박 넝쿨이 기어올라 새하얀 박꽃이 피었다.

언덕 왼편 남쪽 벌판은 아물아물한 저 산 밑까지 열려 있어 이제 볏모는 한껏 자라 검푸른 비단

＊ 가볍게 살짝. 또는 드러나지 않게 살며시.

보를 펴놓은 듯하다.

언덕 앞 서쪽에는 바로 기슭에 넓은 못이 푸른 물결을 가득 담아 말없는 거울같이 맑다.

이 언덕, 푸른 잔디 덮이고, 이름 없는 작은 꽃들이 잔디 속에 피어 있고 꼭 한 포기 늙은 소나무는 언덕의 등줄기 한가운데 서 있어 아마도 석양에 날아오는 까마귀를 쉬어주는 나무인가 싶다.

이 언덕, 이 소나무가 비바람 많은 세월 그동안에 남모를 이야기도 수없이 겪었으려니와, 아직 사람들이 전해오는 이야기는 하나도 없다.

다만 해마다, 여름이 되면 이 언덕을 넘어 마을에 양과 돼지를 잡아먹으러 늑대들이 넘어온다는 이야기는 있다.

그러나 이제 이 언덕 위, 이 늙은 소나무 아래서 하나 아름답고 애끓는 이야기를 듣게 되었다.

이야기는 슬프다기보다 애달팠다. 이 언덕, 이 소나무 역시 많은 풍상의 세월 속에서 겪어온 하고많은 이야기들 중에서도 내가 지금 듣는 이야기만치 딱한 이야기는 듣지도 못하였으리라.

때는 그 어느 해 여름의 석양이었다. 아름다운 붉은 노을이 언덕과 못을 찬란하게 물들이고 시원한 바람결이 간간이 불어오는 고요한 석양이었다.

아름다운 두 개의 영혼이 불꽃같이 타버리고 말고자 하는 이야기를 이 푸른 언덕 위 구부러진 소나무 아래서 핏빛같이 붉은 노을에 젖으며 나는 들었다. 그리고 울었더니라.

인간에게 만일 가치 있는 것이 있다고 한다면, 그것은 얼마나 많이 연소燃燒했던가 하는 것이다, 라고 앙드레 지드가 말했다고 한다. 그러나 이 이야기는 타려고 해도 탈 수도 없는 가장 애끓는 이야기였다.

그 여인은 옥색의 긴치마에 흰 은조사 깨끼겹저고리를 받쳐 입었고 머리는 되는대로 넘겨 쪽 졌으나 그리 보기 흉하지 않았다. 아니 이 여인은 서글서글한 두 눈이나 입이며 후리한 키며 잠깐 보면 몹시도 루스하게 인상되지마는 다시 한번 거듭 보면 흐트러진 듯한 그의 전체가 모두 다 정연하고 단정하게 제격대로 맞아 있다.

그 크고 맑은 눈을 위하여 그의 입도 조화되었고, 둥글고 넓은 이마는 그 얼굴에 조화되어 함부로 넘겨 쪽 진 머리단장도 그 얼굴에 어울리고, 그

후리한 키에 아무렇게나 입은 치마 맵시 역시 어울려 하나도 고칠 것이 없었다. 그 여인의 걷는 태도나 말소리며 동작 역시 그 얼굴과 체격에 어그러지지 않아 가을밤 밝은 달빛 아래 잘게 잘게 주름 잡혀서 혹은 떨어지고, 혹은 감돌고, 혹은 출렁거리는 은은한 계곡물 흐름과도 같고, 맑은 호수같이 고요하고 청신한 느낌을 주는 것 같기도 하였다.

여인은 두 발을 되는대로 뻗고 소나무 둥치에 기대어 앉았다. 그리고 잠깐 얼굴을 들어 붉은 노을 하늘이 잠기어 있는 못물을 내려다보고 난 후 후, 한숨을 내쉬었다.

그는 금방 입을 열어 무슨 말을 하려는 듯하더니 가만히 고개를 내려뜨리며 좌우로 두어 번 머리를 흔들고 손으로 잔디 잎을 두세 잎새 뿍뿍 뽑아 발아래로 던졌다.

나는 그때 그 여인의 두 눈에서 한 방울 눈물이 떨어짐을 보았다. 나는 참을 길이 없어 그 여인이 뻗친 발을 가만히 어루만지듯 흔들며 먼저 입을 열었다.

"여보! 순희! 순희!"

라고 불렀던 것이다. 그러나 그 여인은 대답이 없었다. 애수에 잠긴 그 큰 눈이 눈물에 가득 잠겨 나를 뚫어지게 바라보며 금방 나에게 쓰러질 듯 애원하듯 입술을 깨물 따름이었다. 그는 입을 떼기를 무서워하고 스스로 무엇을 억제하려는 괴로운 표정이었다. 나는 급한 성질에 더구나 실없이 남에게 동정하기 좋아하는 마음이라, 바짝 그의 곁에 다가앉았다.

"순희, 당신이 말하지 않아도 끝없는 괴로움에 시달림을 받고 있는 줄 알겠습니다. 나와 당신이 비록 오랜 지기는 아닐지라도 피차 이름만은 서로 안 지 오래이니 무슨 상관이 있나요. 내 힘으로 위로드릴 만한 일이면 나는 웬만한 일은 희생해가면서라도 당신의 그 괴로움을 덜게 해드리리다."

아! 아! 내가 그때 이렇게 정답게 말을 건네지만 않았던들 오늘까지 그 여인의 괴로운 사정에 가슴을 아프게 하지 않았을 것이었을 터인데……

그 여인은 나의 이 마음에서 우러나오는 동정에 가득 찬 물음에 그만 앞으로 푹 고꾸라지며 흑흑 느껴 울었다. 나는 참지 못하여 그의 들먹이는 어깨를 쓰다듬어 주었다. 그리고

"울지 말아요. 사람의 삶이란 괴로움인 것이에요. 괴로움이 즉 삶이란 말이지요."

라고 되지못한 위로의 말을 한다고 하였던 것이다. 그랬더니 그 여인은 벌떡 얼굴을 치켜들며 눈물이 온 얼굴을 적셔 닦으려고도 않고 나를 바라보며 내 손을 잡았다. 그리고 그윽한 음성으로 가만히 입을 열었다.

"보세요. 당신은 소설가이시지요? 당신이 쓰신 소설을 아직까지 읽어볼 기회는 없었습니다. 그러나 나는 당신의 얼굴을 처음 만났던 아까의 그 순간 참을 수 없이 울음이 터져 올랐어요. 우리가 다같이 예술에 몸을 던진 사람이니 처음 만났으나, 오랜 친구였음이나 다름없는 것 같은 느낌을 가짐도 별로 이상할 것은 없지요!"

그 여인은 겨우 한 손으로 눈물을 씻고, 또다시 노을 낀 하늘을 바라보았다.

"네, 저는 소설가라고 할 인물은 못 됩니다. 아직까지는 일개 문학소녀 때를 못 벗었어요."

하고 나는 얼굴이 붉어지며 대답을 한다고 이런 되지못한 변명을 하였다.

그러나, 그 여인은 나의 대답은 들은 척도 않고

잠잠히 앉은 채 다시 말을 계속하였다.

"여보세요. 나는 어떻게 해야 좋을지 모른답니다. 내 가슴속이 마치 이 붉은 노을같이 타고 있어요. 아니, 이 노을보다 더 안타깝게 더 붉게 타고 있어요."

라고 그 여인은 한숨과 함께 내뿜듯 속삭이듯 말하였다. 나는 혼자 고개를 끄덕였다.

그 여인은 오륙 년 전 미술전문 양화과를 나온 규수 화가이므로 나 같은 무지래기* 소설 줄이나 쓰는 인간보다 그 보고 느끼는 바가 다르구나, 라는 생각이 들었던 까닭이었다.

"아! 아! 나는……"

그 여인은 그만 두 팔로 머리를 휩싸 안고 소나무 둥치에 기댄 채 눈을 감았다. 나는 무엇이라 말하기 어려워 잠잠히 바라보고 있을 수밖에, 그가 진정될 때까지.

이윽고 그는 다시 한 줄기 눈물을 흘리며 잠잠히 그대로 앉은 채 입을 열었다.

"나는 사랑한답니다."

---

* '무지렁이'의 방언. 아무것도 모르는 어리석은 사람.

라고 외치듯 한마디 부르짖고 입술을 깨물었다. 나는 그 여인의 슬픔이 무엇인가 하는 호기심과 그 여인의 괴로워하는 모양에 잔뜩 동정하여 그 괴로운 이야기를 듣기에 가슴을 졸이고 있던 판이었는데, 이 한마디 부르짖는 말에 갑자기 쓴웃음이 터지고 말았다.

'에, 에 그까짓 사랑? 연애 관계로 이러는 것이로군…… 그까짓 남의 연애 이야기를 들어 무엇 하며, 그까짓 문제로 이렇게 괴로워하다니.'

라고 속으로 중얼거리며 나는 고개를 획 돌리고 말았다.

그 아름다운 풍경 속에서 그 훌륭한 스타일과 애화적 포즈를 가진 여인에게서 나는 무슨 신비스런, 그리고 아주 감상적인 아름다운 이야기가 듣고 싶었던 것이었다.

"여보세요. 당신은 나를 어떻게 보십니까?"

갑자기 여인은 나에게 말을 건넸다. 나는 속으로 이 여인이 사람에 미쳤나 보다. 무슨 말을 묻는 거야? 라고 반감 비슷한 생각이 들어 힐끔 여인을 둘러보았다. 그러나 그 여인은 소나무 둥치에 눈을 감고 기대어 앉은 채 혼자 명상에 잠겨 있는 듯하였다.

"무슨 말씀이어요. 당신을 어떻게 보다니? 지금 내 눈이 당신과 같은 화가의 눈이라면, 그리고 앉은 양을 한번 그려보았으면 싶을 따름이지요."

라고 느껴지는 대로 솔직하게 대답했다.

"아니 저 같은 젊은 미망인이란 몸이요, 더구나 단 하나이지마는 아이까지 있는 몸으로서 사랑을 한다면…… 당신은 어떻게 생각하시겠어요?"

그 여인의 이 말에 나는 놀랐다. 나는 이 여인의 남편이 죽고 없는 줄을 몰랐던 것이다. 그리고 아들까지 하나 있는 줄은 몰랐었다. 그러나 설령 그가 과부요, 자식이 있는 몸이라 하더라도 사랑하고 싶으면 그만이지, 남편이 뚜렷이 있으면서 그런다면 생각할 문제가 되지마는 그까짓 것은 문제가 되지 않는 일이라고 생각되므로, 나는 어이가 없었다.

"하하하, 별말씀을 다 하시네. 사랑하시고 싶으신 분이 있거든 얼마든지 하시구려. 아드님이 방해된다면 내가 지금 아이를 낳지 못해 애쓰는 중이니 그만 나에게 양아들로 맡겨주시구려."

나보다 몇 해 위인 듯한 그에게 나의 이 대답이

조금 당돌하지나 않았나? 하는 생각에 나는 얼굴이 또다시 붉어졌다. 그러나 그는 조금도 관심치 않고 그냥 그대로 움직임 없이 한숨을 내쉬었다.

"두서없이 말을 끄집어내어서 실례했습니다. 이제 차근차근 이야기하지요. 나는 저, 열일곱 살에 여학교를 졸업했어요. 그리고 그해 가을에 결혼하여 열여덟 살 되는 겨울에 아이를 낳았지요."

나는 그의 하는 말에 놀랐다. 아들이 있으면 이제 겨우 열 살 안 되는 어린아이인 줄 알았던 터이라 조금 전에 나에게 양자로 달라고 하던 망발이 새삼스레 부끄러웠다.

"그러면 아드님이 올해 몇 살이세요?"

라고 물어보지 않을 수 없었다.

"그 애가 내 열여덟에 낳았으니까 올해 열여섯 살이에요. 중학교 이 학년이나 됐어요. 내 나이 올해 서른둘이니까요."

"아이고머니…… 그렇게 큰 아드님이 있어요? 그러면 미술전문은 어느 때 나오셨던가요?"

나는 기가 막혀 그를 바라보았다. 그러나 그는 여전히 움직임 없이 아까 그 포즈대로 소나무 둥치에 기댄 채였다.

"네, 제가 스무 살 때 그 애 아버지가 죽었어요. 그래서 스물셋 때에 아이는 친정에 맡겨두고 저 혼자 동경으로 가서 이런저런 공부하는 척하다가 스물여덟에 비로소 미술전문을 나오게 됐어요. 제가 미술전문에 다닐 때 아주 재혼을 권하는 사람도 많았고, 또 직접 구혼하는 사람도 무척 많았어요."

여인은 또다시 한숨을 내품었다.

"왜 이때까지 그대로 계셨던가요. 진작 재혼하실 일이지······"

나는 무뚝뚝하게 말했다.

"글쎄요. 제 사정으로도 꼭 재혼을 해야 될 처지랍니다. 첫째 이유는, 제 죽은 남편은 단 형제뿐이었는데, 그의 형 되는 분이 스물둘에 죽었으므로 그 형수가 수절을 하고 있어요. 그러니 그 아우 되는 제 남편이 자식을 나면 제일 맏아들은 그 형수의 양자가 되어야 하지 않습니까? 그러니 제 아들은 나면서부터 그 수절하는 큰어머니의 아들이 됐지요. 나는 장차 또 아이를 많이 낳을 줄 알았던 것이 제 남편 역시 다음 아이가 들기 전에 죽었으니까 저는 아들이 있기는 하나 없는 것이나 다름없

게 되었지요. 그리고 둘째로는, 제 친정에는 제가
단 하나 외딸이에요. 제 어머니는 저 하나밖에 낳
지 않으셨고, 아버지 역시 남의 친자식을 양자하
느니보다 딸이라도 자기의 친자식이 낫다 하시며
기어이 가독*을 나에게 상속시키려는 거랍니다.
그런데 제 친정이 종가요, 또 아버지 형제가 없으
시니 제가 만일 이대로 죽고 만다면 제 친정의 뒤
가 끊어지는 것이 되지 않습니까. 제 아들은 남편
의 집의 뒤를 이어야 되는 터이니까, 부득이 저는
재혼을 해야 될 처지랍니다."

여인은 길게 길게 한숨을 쉬었다. 나는 가슴이
갑자기 답답하여졌다.

"그러신데 왜 그대로 계세요. 얼른 시집가세요."
라고 나는 철없는 듯 조르듯 말했다.

"이제 이야기하겠어요. 제가 지금까지 이대로
있게 된 이유는 저에게 구혼하는 사람이 너무 많
았던 탓입니다. 모두 일장일단이 있어 누구를 골
라잡아야 좋을지 몰랐어요. 그런데도 그중에는 몹

---

* 집안을 감독하는 사람이라는 뜻으로, 집안의 대를 이어나갈
맏아들의 신분을 이르는 말.

시 싫은 사람이 거의였으니 뒤에 남은 사람들 중에서 택하면 좋았겠지마는 제가 좋다고 생각하는 사람은 모조리 친정 부모님이 반대였으니 우스울 일이 아니어요?"

"그래서 지금까지 그대로 계신 게로군요."

"네, 내가 제일 제일 미워하고 싫어하는 사람, 그 사람에게 부모님은 기어이 시집가라는 거랍니다."

"아이고, 딱하시네."

"아! 아! 이만한 일쯤은 저 역시 예사입니다. 당신도 소설 스토리로 이런 종류의 이야기는 많이 쓰시겠지요. 가장 평범하고 세상에 흔히 있는 일이니까요. 그런데 제 부모님이 기어이 그 사람을 고른 것은 그이가 직업이 의사랍니다. 제 남편이 폐를 앓아 죽었으므로, 저도 앓아 폐가 약한가 봐요. 몸이 몹시 약하니까 저는 의사에게 시집가는 것이 제일 타당하다는 것이랍니다. 그래도 저는 그이가 싫은 것을 어떡해요."

"글쎄요."

나는 이 여인이 처음 이야기를 끄집어낼 때 그 낙망에서 점점 다시 귀가 기울여지기 시작하였다.

"그런데, 보세요. 우스운 일입니다. 어느 날이었

어요. 전람회에 출품할 그림을 반입한 후 산보 겸해 한강에를 나갔다가 돌아오는 길에 본정통* 어느 찻집에를 들어갔었지요. 그랬더니 공교롭게 그이가 저편 테이블에서 차를 마시다가 나에게 달려오겠지요……"

"그이라니요?"

"그 싫다는 의사 말이어요! 저에게 구혼 중인 그이 말이어요……"

여인은 벌떡 몸을 일으켜 나를 바라보았다. 그의 눈빛은 찬란하게 빛나고, 그 많던 눈물 줄기도 거의 마른 창백한 얼굴이 노을의 탓인지 붉게 상기되어 있었다. 나는 그의 얼굴에 긴장을 바라보며 저윽히 놀라 똑바로 그의 눈을 마주 바라보았다.

그는 이윽히 나를 바라본 후 힘없이 두 팔로 잔디를 짚어 몸을 지탱하며 두 눈의 찬란하던 광채는 사라지고 공허한 시선으로 변하며 중얼거리듯 입을 열었다.

"그 소년! 그 학생을 처음 본 때랍니다. 그이가 나를 끌고 자기 테이블로 가자 나는 그 테이블에

---

* 도시에서 가장 번화한 거리.

서 한 소년을 발견했던 거랍니다. 나는 모처럼 상
쾌한 기분으로 들어온 찻집에서 그이를 만난 것이
불쾌하기 짝이 없었던 터이라, 얼굴을 찌푸린 채
그이가 가리키는 의자에 앉으며 무심코 마주 앉은
한 소년에게 시선이 갔던 거랍니다. 그 순간 나는
깜짝 놀랄 만치 기뻤어요. 아니 내 가슴이 전광을
만진 듯 기쁨에 일순간 마비된 듯하였어요."

여인은 잠깐 입을 다물고 그때 그 소년의 얼굴
을 눈앞에 그리듯 공허한 눈 그대로 허공을 응시
하고 있었다. 나는 그의 파랗게 질려지는 얼굴을
바라보며 몸에 소름이 끼칠 듯 정신이 바짝 차려
져 그의 조그마한 얼굴의 움직임이라도 놓치지 않
고 살피려 했다.

"그 소년은 내가 그림 붓을 든 후 오늘까지 머릿
속에 그리고, 그리고 해오던 나의 이상의 얼굴이
었어요. 나는 항상 머릿속에 그리기를 지극히 온
순하고, 지극히 아름다우며, 끝없이 침착하고 점
잖으며 그리고 맑고 순결하고 화기를 띄운 그리고
용감하고 고귀하며 단정한 얼굴을 단 한 폭 내 전
생을 통하여 그려보려고 욕망하여 왔던 거랍니다.
나의 이상의 남성의 얼굴이라고 할까요. 그런 얼

굴을 많이 많이 구상해보았으나 그때까지 머릿속에 그려내지 못했어요. 나의 그 욕망은 나에게 구혼하는 사람이 많으면 많을수록 높아가며, 이제 그 의사란 사람과의 약혼이 부모님들에게는 거의 결정적으로 진행 중에 있음에 따라 더 간절하여져 갔습니다. 단 한 장이라도 그려보았으면…… 그러한 얼굴이 이 세상에 있을 수 있을까…… 있다면 얼마나 기쁘랴…… 그러한 얼굴이 있다면 단 한 번이라도 보기만 하면 그려낼 수 있으리라……고 나는 생각했었습니다. 그리하여 나는 여가만 있으면 정거장에를 나가서 내리고 오르고 하는 많은 남자들의 얼굴을 바라보았었고, 길을 갈 때나, 전차를 탈 때나 나는 사람들의 얼굴만 유심히 살펴왔던 거랍니다. 그때에 그 욕망은 단지 내 그림을 위하여서의 욕망이었어요. 다른 아무 생각도 없었어요. 단지 그러한 얼굴을 꼭 한번 그려보리라는 그 결심뿐이었어요."

"네…… 그러시겠지요. 저도 간혹 소설에 등장할 인물의 타입을 찾으려고 해보는 때가 있으니까요……"

라고 나는 그의 이야기에 동감임을 표하였다.

"그 소년! 그때 나의 눈앞에 고개를 단정히 해가
지고 눈을 내리뜨고 찻잔을 바라보고 있는 중학교
제복을 입은 그 소년의 얼굴…… 나는 모든 것을
잊고 그 소년에게 정신을 빼앗기고 말았더랍니다.
소년은 이따금 부끄러운 듯 나를 건너다보다가는
나의 맹렬한 시선에 마주쳐 얼굴을 붉히며 웃음을
띠고는 고개를 내려뜨리곤 하였어요. 그이는 나에
게 차를 받아주고 이야기를 건네며 그 소년은 자
기의 단 하나 아우라고 소개하였어요. 나는 그의
말이 귀에 들어오지 않았어요. 겨우 대답을 하면
서도 소년에게 너무 민망하여 시선을 돌리려 했으
나 내 시선은 소년의 얼굴을 떠나주지 않았습니
다. 그러는 사이에 전등이 켜지며 소년은 무엇을
느꼈음인지 조용히 일어서며

"형님 제가 먼저 가겠어요."

라는 말을 남기고 찻집을 나가버렸습니다. 나는
그 자리에 앉은 채 눈앞에 캔버스를 벌이고 이제
본 그 소년의 얼굴을 스케치하듯 눈을 감고 그려
보았어요. 나는 날개가 돋친 듯 온몸이 으쓱해지
며 기쁨을 참을 수가 없었어요. 나는 그길로 집으
로 달려와 밤을 새우든 몇 날을 지새우든 간에 한

숨에 그려버리리라고 생각했습니다. 그이도 내 뜻
은 모르나 나의 그 기뻐하는 얼굴을 보고 자기도
기뻤던 모양입니다. 나를 집까지 자동차로 바래다
주었어요. 나는 그때까지 어느 남자하고라도 단둘
이서 어디를 가는 것도 한방에서 이야기하는 것도
싫어했고 한사코 거절하였던 터였으니까, 그날 밤
에 그이는 자기와 단둘이서 우리 집 문 앞까지 자
동차를 타게 된 것을 내가 그의 청혼에 반 이상 허
락이나 한 줄로 알았을 것입니다. 아! 아!

　나는 그대로 저녁밥도 먹지 않겠다고 돌아보지
도 않고 집 방으로 달려가 옷 갈아입을 여가 없이
캔버스 앞에 섰지요. 그 밤이 깊기도 전에 나는 벌
써 윤곽을 다 잡았어요. 너무나 기뻐 화필을 든 채
캔버스를 몇 번이나, 몇 번이나 끌어안았는지요.
한 번 그리고 기뻐하고 또 한 번 붓 대고 웃고, 두
눈에 들어박힌 그 소년의 얼굴, 나는 즐거웠어요.
그 즐거움……! 나는 참다못해 그리는 것까지 아까
워서 소년의 얼굴을 눈 속에 잡아넣은 채 눈을 꽉
감고 그대로 침상에 뒹굴며 미친 듯하였습니다.
그 이튿날 아침 나는 솜뭉치같이 피로하여 아침도
먹지 않고 그대로 잠이 들었어요. 눈을 떴을 때는

벌써 오후 두 시였어요. 나는 부리나케 세수를 하고 식사를 마친 후 집을 뛰어나왔습니다. 내가 깜짝 정신이 났을 때는 벌써 그이의 병원 진찰실 안에서 그이와 마주 서 있었어요. 내가 왜 그 병원에 갔는지 지금 생각해도 모를 일입니다. 나는 그이에게 인사말 대신

"선생님의 아우님이 어디 계신가요?"

라는 물음이었어요. 그이는 웃으며 내가 자기를 찾아온 구실로 그 아우를 찾는 줄 알았던 모양인지 그 대답은 없고 몸이 약하신데 바다로나 산으로 가시지 않으시겠느냐고 도로 엉뚱한 말을 건네는 것이었어요. 나는 뭉클 성이 났으나 꾹 참으며

"아우님이 어디 있어요. 선생님은 어서 일 보세요. 저는 그동안 아우님과 이야기하고 놀 터입니다. 오늘 저녁에 또 찻집에 가시지 않으시겠어요?"

라고 나는 나대로 둘러대었지요. 그랬더니 그는 앞을 서서 나를 인도하여 이 층으로 올라갔습니다. 이 층은 그이의 서재인 듯 팔조와 육조*의 넓은 다다미방이었어요. 나는 그이보다 앞서 실례

* 직사각형의 다다미가 여덟 장, 여섯 장 깔린 정도의 크기.

되는 것도 잊고 방 안에 먼저 들어서니 육조 방 한 옆 책상 앞에 그 소년이 턱을 고이고 물끄러미 앉아 있다가 우리를 보고 놀라 일어서서 일순간 몸을 감추려는 듯 사방을 살피며 머뭇거리더니 내가 너무나 그의 앞에 가까이 가 서 있음을 보고 마지 못하여 새빨개진 얼굴로 약간 고개를 굽혀 인사를 한 후 휙 몸을 날려 층층대로 내려가버렸습니다. 나는 그 자리에 멍하니 선 채 소년이 사라진 곳을 응시하고 있었습니다. 그랬더니 그이가 무엇을 생각했는지 내 곁으로 가까이 오면서 내 두 어깨에다 두 손을 걸었어요. 나는 깜짝 놀라 한 걸음 물러서버렸어요. 그리고 나는 그이에게 저녁때가 되거든 함께 어디로 식사를 하러 가든지, 찻집에를 가든지 하자고 말하고 어서 내려가 환자 치료나 하시면 그동안 여기서 기다리겠노라고 했었지요. 그러니 그이는 아주 기뻐하며 층층대로 내려가겠지요. 나는 그의 뒤통수를 향하여 당신의 아우님을 보내달라고 부탁했습니다. 그이는 싱긋 웃으며 그대로 내려가버렸어요. 나는 이윽히 그 자리에 서 있으며 방 안을 둘러봤습니다. 그는 얼른 놀란 듯 고개를 돌리곤 하였습니다. 이렇게 나는 그를 바

라보고 그는 무료하게 이리저리 살피고 있는 그
동안 다 같이 말 한마디 없습니다. 얼마쯤 시간이
흘러갔어요. 그러고 있는 동안, 나는 커다란 환희
에 가득 차 있었던 거랍니다. 그의 얼굴, 소년답지
않을 만치 침착하고 고상하며 온화하고 부드러운
그 얼굴, 그리고 어디인지 소년다운 선을 가진 순
결한 그 입과 눈…… 나는 나를 잊고 도취되어 있
었던 거랍니다. 그때까지 아무리 유명한 동서양의
명화를 대하여도 이만치 내 스스로 도취되어 바라
보고 바라보아도 그치지 않고 신비로움을 느껴본
적은 없었습니다. 소년은 이윽고 무료함을 못 이
겼음인지 대담하게 나의 시선을 똑바로 바라보며

"제 형님은 퍽이나 착하신 사람이랍니다."

라고 말했습니다. 나는 가슴이 섬뜩하여 획 눈
을 돌이키며

"네."

하고 대답했지요. 그때 나는

'당신 형님보다 나는 당신의 그 얼굴이 더 착하
고, 아름답습니다.'

라고 대답하려 했습니다마는 이상하게도 그때
제 귀에 '어머니!' 하고 부르는 내 아들의 음성이

들리는 듯하여 얼른 한다는 대답이 소년이 그 형을 자랑하는 데 동감임을 표하고 말았어요. 그의 형 되는 그이는 그때 나보다 한 살 위였으니까요. 그때 그 나이가 되도록 장가도 들어보지 못했고, 아니 않았고, 이성을 사랑해보지도 못했다고 합니다. 그러니 그이의 사람 된 품이 얼마나 이지적이며 고지식했던가를 알 수 있지 않습니까. 물론 그에게 들으면 자기는 부모도 없고 다른 친척도 없고, 단지 하나 아우인 그 소년 하나가 유일의 육친이었으니까 그 소년을 두고 자기가 장가들기 민망하여, 소년이 중학교를 졸업하고 전문학교나 대학으로 가게 되어 집을 떠나면 그때는 장가들겠다는 것이었어요. 자기가 장가를 들어서 만일 아내가 아우에게 불손하다든지, 또는 아우에게 자기가 아내를 더 사랑함을 보이게 될까 하는 여러 가지 염려가 있었던 까닭이었겠지요. 좌우간 보기 드문 사람이었어요."

그 여인은 이렇게 말하며 길게 한숨지었다. 나는

"오라, 그이? 음, 음."

하고 느끼는 바가 있었던 것이다. 즉 그이라는

의사 김성규金性圭는 바로 나와 고향이 같은 그리
친한 사이는 아니라고 하나, 두어 번 진찰까지 받
아본 적이 있었던 아는 사이였던 것이다. 그러니
만큼 나는 그 여인의 이야기에 온통 정신이 쏠리
고 말았다. 그 소년이란 성규의 아우 정규貞圭임도
잘 알겠고, 또 정규의 얼굴이 과연 범연하게 생기
지 않았음도 내 이미 알고 있는 터였다.

"오, 그러면 김성규 씨 형제분이로군요."

나는 이렇게 그 여인의 말을 가로질러 입을 넣
고 말았다.

"네…… 그래요. 당신을 그이가, 성규 씨가 잘 안
다고 말하더군요. 바로 말하면 제가 당신을 찾아
서 이곳까지 오게 된 것도 당신이 성규 씨를 잘 아
시는 까닭입니다."

하고 여인은 또 한숨지었다. 그 여인의 한숨 소
리는 웬일인지 내 가슴에 바늘같이 파고드는 듯하
며 정말 인상적이라고 느꼈었다. 그때 어디서 석
양 마을을 향하여 길게 음메, 하고 새끼를 찾는 암
소의 울음소리가 들려왔었다.

여인은 귀를 기울이며, 그 소리에 이윽히 귀를
기울이다가 다시 말을 계속하였다.

"성규 씨가 나에게 구혼하게 된 것은 그가 동경 ××의과대학에 다닐 때로 내가 미술전문에 다닐 때부터랍니다. 그러나 나는 그이의 고지식한 성품이 싫었고 또 아이까지 있는 나로서 총각인 그에게 시집가기가 어색했어요. 그래서 아주 딱 거절했었는데 그이는 제 부모님에게 직접 운동을 했던 거지요. 어느 때라도 재혼을 하거든 그때는 자기에게……라고 아주 나의 부모님에게 단단히 간청을 했던가 봐요. 그러니까 나의 부모님은 총각이요, 더구나 의사요 돈도 있고 사람이 굳건하고 어디 흠이라곤 없는 자리이니까 아주 단단히 그에게 약속했던 모양입니다. 그이의 청혼에는 정말 우리 부모가 황감하고 과분하고 아주 영우 녹았던 모양입니다. 아! 아!

세상이란 정말 기막히게 어려운 실마리들의 맺음이어요. 부모님이 그만치 기뻐하는 터이거든 나 역시 그만치 기뻐해야 술술 다 평온무사하게 될 일인데 나는 왜 그다지 그이가 싫은지…… 아이 참…… 그뿐이라도 좋을 터인데 하필 또 무슨 까닭에 그이의 어린 아우가 그리도 나에게 잊히지 않게 되는지 생각하면 할수록 운명의 장난이 너무나 까탈스러워 원망스럽습니다. 그날! 소년과 처음 말을 나누어보던 그날 석양에 그이와 셋이서 레스토랑에 가서 저녁을 먹고 '송월'이라는 찻집에를 갔었지요. 성규 씨는 아직까지 소년에게 나를 단순히 친구로만 소개했던 모양입니다. 그사이에 소년과도 무관하게 친하여져서 소년은 마음 놓고 이야기를 나에게 붙이기도 하였어요. 그날은 무척 즐거웠어요. 나는 그를 위하여 이야기도 하고 또 성규 씨 앞에서 나는 오랫동안 머릿속에 그려오던 얼굴 하나를 발견하였는데 무척 기쁘다고까지 말했지요. 그러니까 성규 씨는 자랑하듯

"우리 정규의 얼굴보다 더 훌륭한 모델은 없을 거요."

라고 웃으며 말하는데 소년은 짬짬이 나를 바라보더니 얼굴을 돌리며 혼자 미소하겠지요!

'나를 두고 하는 말이로구나, 그러니까 나를 그다지도 들여다본 것이로군!'

하는 표정이었어요. 나는 소년의 영리함을 그 순간 발견했던 거랍니다.

그날 밤은 그 형제분에게 전송을 받아 저의 집까지 돌아왔습니다. 우리 집 대문간에서 소년은

그 형이 내 곁에서 떨어져 선 틈을 타서

"이제부터는 집을 알았으니까 놀러 와도 좋아요?"

라고 속삭였어요. 나는 가슴이 몹시 괴로워져 소년을 바라보며 두 손을 내밀었지요. 소년은 와락 내 손을 잡으며 놀러 올 터이라고 다시 한번 다졌어요. 나는 경쾌하게 대답하려 애쓰며 형님에게 허락받아서 놀러 오라고 대답했었습니다. 소년은 다시 내 손을 흔들어주며

"오케이."

라고 말한 후 획 돌아서 그 형과 가버렸어요. 나는 대문에 들어서면 왼편으로 있는 사랑인 내 방으로 들어가 얼른 캔버스 앞에 섰습니다. 지난밤에 그려둔 소년의 얼굴이 나를 바라보고 있었습니다. 나는 이윽히 그림을 들여다보는 사이에 또 하나 훌륭한 상상(想)이 생겨났어요. 내가 전날 금강산 구경 갔을 때, 비로봉 위에 올라가 사방 경개를 이윽히 둘러보며 내 혼이 대자연 앞에서 무릎을 꿇고 엎드린 듯하여 명목하고 섰으려니까 마음과 몸이 다 함께 인간 세상을 떠나 지극히 청정된 미의 세계로 간 듯하였어요. 그래서 문득 그때 생각이

나며 그 소년을 비로봉 위에 세워두는 생각을 했
는가 합니다. 제 생각에는 비로봉을 정복한 그 소
년을 그려서 자연에서 받은 나의 감명보다 더 큰
감격을 그 소년에게서 받았음을 표상하려는 뜻이
었어요. 자연계의 극치를 인간의 극치가 정복하고
남음이 있음을 그리려는 것이었습니다. 그래서 나
는 그 밤부터 그림 제작을 시작했던 거지요. 먼저
세수를 하고 어머니 앞에 가서 차 한잔을 마신 후
다시 내 방으로 돌아와서 잠시 눈을 감고 이윽히
구상에 잠겨 있었습니다. 그러고는 곧 그림 그릴
준비를 개시했지요. 먼저 비로봉을 박은 사진을
죄다 들추어보고 그때 눈에 박힌 인상을 되풀이해
보며 인물을 배치할 화면도 대강 생각해보았습니
다. 그러는 중에 그 밤도 꼬박 새우고 그 이튿날은
정오가 넘게 몸을 쉰 후 또다시 제작에 착수했습
니다. 나는 두 다리가 붓고 머리에 현기가 나고 손
이 떨려도 모르고 그림만 그렸습니다. 그날 해도
지고 밤도 깊었으나 잠잘 줄도 먹는 것도 잊어버
리고 화필을 놓을 줄 몰랐었어요. 그림은 화필의
움직임을 따라 깎아지른 바위산의 절벽 위에 크고
작은 바위가 놓여 있고 이름 모를 풀과 넝쿨이 엉

키었으며 그 사이에 인물을 세울 자리를 두고 원
경으로 산줄기와 흰 구름을 배치하여 내가 보기에
우선 훌륭한 짜임이었어요.

뒤에 남은 인물만 내 의도한 바에만 되게 그려
질지가 문제였을 따름이었지요. 그러나 그 소년의
얼굴은 이미 내 눈에 박혀 있으니까 문제없으나
그의 포즈를 어떻게 할까……를 다시 생각에 자무
러지게* 되었더랍니다.

자연계 극치의 미를 두 발로 힘 있게 눌러 디디
고 선 씩씩하고 아름다운, 그리고 스스로 정화된
위풍이 늠름한 포즈를 생각해보는 것이었더랍니
다. 생각에 지치고 주림에 못 이겨 어느 때든지 소
년에게 한 포즈를 청해서 잠시 모델이 되게 하는
수밖에 없다고 결심한 후 비로소 자리에 들게 되
었더랍니다. 그러나 내 머리는 혼돈하여 눈은 더
욱 새롭게 뜨여져 좀처럼 잠들지 못하는데 시계는
새로 한 시를 쳤습니다. 나는 억지로는 도저히 잠
이 오지 않을 것을 깨닫고 벌떡 일어나 방 안을 수
없이 걸은 후 그림 앞에 서 있었습니다. 시계는 어

* 생각에 깊이 빠지다.

느 결에 두 시를 치고 또 세 시를 치고 짧은 여름밤
이 거의 다 새어가는 네 시가 울렸어요. 그사이에
나는 방 안을 몇백 차례 왕래하였고 머릿속과 눈
앞에는 그 소년의 가지가지의 포즈가 산란하게 번
복되고 있었더랍니다. 일순간도 끊임없이 그의 얼
굴과 동작을 떠나 다른 생각은 해보지 못했지요.
새벽의 서늘한 공기가 방 안에 꽉 차고 동편 하늘
가가 조금씩 말쑥해져 가자 와야 될 잠은 영영 달
아나고 정신은 더욱 새로워졌습니다. 나는 인물의
포즈가 결정되기 전에는 도저히 잠을 이룰 수가
없겠음을 깨닫고 잘 것을 단념해버린 후 어서 아
침이 되면 소년을 찾아가서 또 한 시간 동안이나
마 포즈를 짓는 모델을 청하겠다고 결심한 후 자
리에 가 누웠지요. 비로소 그때야 내 머리에서 소
년의 그림자가 사라지며 어서 아침이 되기만 기
다리는 간절한 바람에 잠겨 있게 되었는데 어느
덧 잠이 들었던 모양입니다. 급히 눈을 뜨고 휘 둘
러보니 벌써 정오가 넘었고 머리맡에 보지 못하던
종이가 놓여 있었으므로 얼른 들고 보니 만년필로
얌전히 쓴 두어 줄 글이 쓰여 있으므로 놀라 들여
다보았지요.

'퍽이나 숙면하십니다그려. 지나가는 길에 잠깐 들렀더랍니다. 또 놀러 와도 좋을까요? 정규'

라고 쓰여 있지 않겠어요. 나는 와락 일어나 계집아이를 불러 나 없는 사이에 누가 오지 않았던가 물어봤으나 전혀 모른다는 대답이었고 어머니도 아버지도 아무도 손님이라고는 오지 않았다는 대답이었어요. 나는 횡하니 내둘리는 머리를 겨우 진정하여, 그 소년이 내가 잠든 사이에 아무도 모르게 내 방에 들어왔다가 얼마간 지체한 후 그대로 가버린 것을 깨달았어요. 가슴이 화끈해지며 나도 모르게 경대 앞으로 달려가 거울에 내 얼굴을 비춰 봤던 거랍니다. 얼마나 흉측한 얼굴로 잠을 잤을까, 그 소년이 나의 그 모양 없이 자는 꼴을 들여다보았을 터이라고 생각된 까닭이었어요. 거울에 비치는 파리한 내 얼굴을 바라보며

'아! 아! 잠이 들기 전에 세수를 할 것을……'

하고 후회했어요.

정말 당신에게 말씀드리기 부끄러운 심리입니다. 다음 순간에 나는 부끄러움을 참을 길 없었어요. 내 아들이 다녀갔다면 그렇게 당황해 거울 앞에 달려갔을 리가 없었을 것일 터인데, 라고 생각

이 든 까닭입니다. 그래서 나는 스스로 꾸짖으며 천천히 세수를 하고 밥을 먹은 후 집을 나섰지요. 부리나케 내 발은 걸어지며 성규 씨의 병원을 향해갔어요. 병원 앞에 이르게 되자 나는 발길을 탁 멈추었어요.

'미쳤느냐! 네가 그림을 그리려는 그 정열만으로 이 집에를 오는 것이냐. 갑자기 그림에 그다지도 열이 났느냐. 만일 이 길로 소년을 대하면 어떠한 표정으로 대할 것인가. 그리고 성규 씨에게 어떠한 느낌을 줄 것인가. 내가 왜 이다지 무궤도한 감정에 끌려 광기에 가까운 생각과 행동을 감행하는고. 무슨 까닭에 몇 날이나 자지도 않고 먹지도 않고 그림에 도취되었던가. 아, 아! 단순히 나는 단순히 그림에 열이 났다고만 할 수 있을까⋯⋯'

하고 누군가 내 귀에다 속삭이는 듯하였어요. 나는 휑 발을 돌려 얼른 병원 앞을 떠나 전찻길로 나섰지요. 그때 돌아서는 가슴속이 왜 그다지 괴로웠을까! 나는 하늘이 무너지는 한이 있더라도 이사이 몇 날간 나의 모든 정열을 뒤끓게 한 그 원인이 되는 소년에 대한 생각을 무시하려고 시집이요 나의 아들이 있는 집을 향해갔습니다. 그 집 대문 앞에 이르자 집 안에서 내 아들 석주石柱가 무엇이라 크게 말하는 소리가 들렸습니다. 나는 또다시 두 발이 땅에 딱 들러붙는 듯하며

'네가 어미냐! 네 아들이 지금 열여섯 살이나 되었다.'

라고 외치는 듯하여 나는 깜짝 놀란 듯 획 돌아서서 달아나듯 골목쟁이를 뛰어나오고 말았어요. 내 아들에게 대할 때 지극히 청정한 어머니로서 아니면 도저히 허락할 수 없다고 내 스스로가 느꼈던 탓입니다. 비록 사정에 못 이겨 내가 재혼을 한다는 것은 부득이한 일이니 내 양심에 거리낌이 없을 것 같기도 하지마는 그날 소년 정규가 더구나 내 아들보다 단 세 살밖에 차이가 없는 소년 정규, 아니 그보다도 그의 형과 약혼설이 진행 중에 있는 사이에 그에게 내 자는 얼굴이 행여 더러웠을까 염려되어 거울 앞에 부리나케 달려가던 그 마음을 가지고 내 어이 아들 석주의 앞에 나갈 수 있으리. 설령 이 순간부터 다 잊어버린다 한들 조금 전까지 이름 없이 가슴이 괴로워 그 병원 앞까지 가던 그 마음을 가렸던 몸이 어떻게 석주를 보랴! 하는 괴로움에 내 눈은 어두워졌어요. 허둥지

등 어디인지 걸어가다가 지나는 택시에 올라앉아 집으로 돌아오고 말았답니다.

먼저 안방으로 들어가 어머니와 천연스럽게 세상 이야기를 하는 사이에 내 마음은 저윽히 평온하여졌으므로 과실을 먹고 집안일에 얼마간 시간을 보낸 후 내일은 석주를 불러다 모델을 하여 그림을 완성하리라 생각한 후 내 방으로 들어왔었지요.

방 안에 들어서자 내 눈은 그리던 화폭으로 끌려가고 대강 얼굴 윤곽만 나타난 그 얼굴은 소년 정규의 모습이 완연함에 내 마음은 전선줄에 부딪힌 듯 자르르 떨었습니다. 무의식간에 내 몸은 화폭 앞에 가 서 있는 것이었어요. 그리고 얼마 후 나는 또 경대 앞에 가 있는 것을 깨달았어요. 행여나 소년 정규가 다시 오지나 않을까 하는 영감이 있는 듯하였지요.

"아하."

다음 순간 나는 손에 쥐었던 분첩을 힘껏 경대 속에 비친 내 얼굴을 향하여 때려 부순 후 와락 그림에 달려가 캔버스를 울러메어* 산산이 부수고

---

* '둘러메다'의 방언.

찢고 하려 했으나 힘이 모자라므로 가위를 찾아 화폭을 되는대로 막 베고 뚫고 해버렸습니다. 그리고 나는

"석주야!"

하고 한번 불러보았어요. 그러나 내 눈앞에 나타난 얼굴은 내 사랑하는 아들 석주가 아니고 그소년 정규의 침착하고 부드럽게 나를 바라보는 그얼굴이었어요. 나는 휘 한번 방 안을 살펴보고 손에 쥔 가위를 치켜들어 보고 찢어진 화폭을 바라봤지요. 공교롭게도 다 찢어진 화폭에서 소년의 얼굴만은 여전히 그대로 남아 있지 않겠어요. 나는 와락 화폭을 안고 한껏 울었답니다. 슬픔이 자꾸자꾸 샘같이 솟아올랐어요. 무슨 슬픔인지 나는 알지도 모르면서……

그 미친 듯한 내 행동을 웃으시리다. 그러나 나는 화폭을, 그 찢어지고 뚫린 화폭에 그대로 한 조각 남아 있는 소년의 얼굴 위에다 내 뺨을 포개어 온몸이 타는 듯하게 괴로웠어요.

그리하여 그날 저녁도 어머니 염려하실까 먹는 척만 하고 그대로 더운 방문을 끌어 닫은 채 다 잊고 잠이 들려고 뒹굴고 누웠지요. 누웠으니 똑바

로 천장만 쳐다보이고 그 천장에는 소년의 얼굴이 있었어요. 나는 베개가 하묵이* 젖는 줄도 모르고 가슴이 타는 듯하여 턱없이 울었답니다. 철없는 첫사랑에 깨어진 어린 소녀같이……!

그때 미닫이가 가볍게 흔들리는 듯하여 가늘게 들리는 인기척이 있으므로 나는 온몸이 오싹하여지며 심장이 깨어지는 듯 크게 한 번 뛰었어요. 벌떡 몸을 일으키며

"문밖에 누가 있어요?"

하고 귀를 기울였지요. 그러나 창밖은 잠잠하였으므로 나는 신경이 너무나 날카로워졌는가 하여 다시 누우려 하니 문득 내 몸은 작은 새같이 날쌔게 또다시 경대 앞으로 달려가고 있는 것이었어요. 분첩이 때려 부쉈던 자리가 달을 그린 듯 주위에 분가루로 윤곽이 되어 있는 것을 얼른 한 손으로 문지르고, 그 아래 떨어진 분첩을 주워 얼굴을 대강 누른 후 벌떡 일어서 두어 번 방 안을 휘 돌아보며 찢어진 화폭을 걷어치우려고 캠퍼스에 손이 가자 방 미닫이가 소리 없이 열렸고 그 소년 정규

*　물기에 흠뻑 젖은 상태.

의 전체가 나타나 있음을 보았답니다. 나는 그 자리에 고정된 것처럼 멀뚱히 서 있었어요.

"실례이지요. 노하십니까!"

라고 소년은 나를 바라보며 사죄하듯 서 있습니다. 나는 당황하게 내가 가져야 할 표정과 동작을 생각해내서 얼른 내 몸을 돌아보며 비로소 파자마만 입고 있음을 인식하고

"아니 내가 도리어 실례입니다. 잠깐 눈 감아요. 내 얼른 옷 입을게……"

라고 어색은 하나마 아이를 대한 어른답게 말했지요.

"그러면 돌아서지요."

소년은 웃으며 새빨개진 얼굴로 획 돌아섰어요. 나는 파자마 위에다 치마 적삼을 꿰어 입고

"자, 다 됐어요. 이리 봐요. 형님은 오시지 않았나?"

라고 어디까지든지 내 아들 석주의 동무로 또는 나와 결혼할지 모르는 성규 씨의 어린 동생으로 대접하려 말을 낮추어가며 소년의 곁에 가 그의 손을 끌고 방 가운데다 앉힌 후 방문을 죄다 열어 젖히며 어색하게 웃고 어색하게 명랑했으며 서툴

게 어른다우려 전 신경을 동원시켰더랍니다. 소년
은 나의 말에 실수 없이 응대하며 같이 웃고 같이
명랑한 음성을 내면서도 간간이 나를 날카로운 눈
으로 바라보는 것이었어요. 나이 든 사람같이, 아
니 그보다 더 침착하고 심각한 눈이었어요. 나는
소년의 그 눈을 바라보며 내 가슴속이 환히 다 들
여다보이는 것 같아 숨이 막히는 것 같았어요. 그
러나 나 역시 그가 일부러 어린 척하려고 애쓰는
노력을 느끼지 않는 바는 아니었습니다.

'안 될 말이다. 이대로 이 시간을 더 연장해나갈
수는 없는 일이다. 아 아!'

나는 몸이 떨렸어요. 너무나 무서웠어요. 나는
서른이 넘은 여인, 더구나 소년보다 단 세 살 떨어
지는 아들이 있는 사람. 소년은 그의 형이 청춘을
희생하며 사랑하고 중히 여기는 철없는 소년이다.

아! 여보세요. 나는 이러한 생각을 하는 것조차
무섭고 얼굴이 찡그러지며 불쾌하였어요. 그러므
로 나는 얼굴을 찌푸린 채 묵묵한 태도로 잠잠히
방바닥을 응시하고 있었답니다. 그랬더니 소년은
갑자기 소리를 내어 웃으며

"왜 이랬어요. 막 찢었네! 제 얼굴이 미워서 찢

었어요?"

라고 하며 우습다는 듯이 화폭 앞으로 벌떡 일어나 옮겨 가겠지요. 나는 그 소리에 번쩍 귀가 열리며 질겁을 하고 일어서며 화폭을 막아섰습니다.

"아니야, 당신의 얼굴이 아니야. 아무리 그려도 잘 그려지지 않아서 속이 상해 찢은 거야. 금강산을 그리려는 거야……"

라고 변명했습니다. 소년은 물러서며 그대로 웃으며

"다 알아. 나를 아주 멍청이로 아세요? 아까 들어오면서부터 다 봤는데…… 아주 이상적 얼굴을 발견하셨다고 하시기에 저는 속으로 무척 코가 높아졌는데 웬걸 이렇게 막 찢은 걸 보니 나를 아주 밉게 여기시는 거지요. 요즘 이삼 일간 오시지 않으시기에 나는 무엇 하시는가 했더니 제가 미워서 오시지 않으신 것이었습니다."

라고 웃으면서도 원망같이 말하며 물러가 앉았던 자리로 가서 도로 앉는 것이었어요. 나는 변명하지 않았더랍니다. 변명한다면…… 아, 나는 웃음을 지으며

"어디 당신을 두고 그런 것이라고!"

하며 태연하려 했습니다. 그러나 그 영리하기 어른들보다 더 영리한 소년이 나의 마음을 몰랐을 리 만무합니다. 그는 잠잠히

"흐응, 흐응, 그래요. 네……"

라고 단순하게 내 말을 긍정하면서도 그의 음성과 두 눈은 내 괴로움을 알아차리고도 남음이 있고 위로하여 주고 싶은 어른다운 생각에까지 미쳐 있음이 환히 나타났습니다. 그러나 나는 꼭지로부터 그를 무시하려고만 애쓰며 소년답지 않은 그의 침착한 얼굴을 차마 바라보기 부시어 자꾸 외면만 했더랍니다.

"저, 선생님. 뭐라고 불러요. 저는 아주머니라고 불러도 좋아요?"

소년은 얼른 화제를 돌렸습니다. 나는 얼른 대답이 나오지 않아 급히 세 번 네 번 고개만 크게 끄덕였지요.

"그러면 아주머니다. 아주머니! 날마다 놀러 와도 좋아요? 사랑 대문이 큰 대문과 한데 잇대어 있고 안채가 돌아앉아 있으니까 아무리 놀러 와도 아무도 모를 것 같아요. 낮에 왔을 때는 처음이라 겁도 났지만 이제는 예사랍니다."

라고 말하는 소년의 얼굴을 나는 눈도 깜짝이지 않고 바라봤지요. 그 말이 너무나 무서웠어요. 이 영리한 소년이 행여나 잘못된 길로 떨어지지나 않을까, 하는 이러한 생각은 나쁜 소년들이 가지는 것이라 느꼈던 것입니다. 그러나 소년의 얼굴, 그 얼굴은 청정무구하여 조금도 불량성이 없고 자연스럽고 세련된 완전한 한 개의 자아를 가진, 밀어던져도 나쁜 길에 떨어질 리 만무한 얼굴이었어요. 나는 놀람을 마지않았더랍니다. 다만 소년의 너무나 조숙함에 놀랐던 것입니다.

"아주머니, 염려 말아요. 제가 불량소년 같다고 여기십니까! 염려 없어요."

소년은 휘, 한숨을 지으며 어느새 나의 가슴속을 들여다보며 이렇게 말합니다. 나는 어이가 없어 눈을 크게 뜬 채 그를 바라볼 뿐이었어요.

"그렇게 나를 자꾸 무서운 눈으로 꾸짖지만 마시고 좋은 이야기나 들려주세요."

라고 어리광같이 말했어요. 나는 대답이 나오지 않아 자꾸 빤히 바라보았지요.

"아주머니, 저, 아주머니, 제가 자꾸 무관하게 실례되는 것도 돌보지 않고 막 마음대로 굴어도 용서하세요. 상관없으시겠지요?"

라고 나의 팔을 잡아 흔들며 조르는 것이었습니다.

"그럼! 아무래도 좋아!"

나는 이렇게 대답하는 수밖에 없었어요.

"아이 벌써 열 시네……! 형님이 염려하시겠군.
어서 가자!"

그는 벌떡 일어서더니 내가 누웠던 자리를 잠깐
유심히 바라보는 듯하더니,

"아주머니 저기 누워 주무세요? 아주 심심하시
겠네."

라는 말을 남기고는 그대로 툇마루에 나섰습니
다. 나는 압박되었던 공기에서 해방되려는 듯 가
뿐하기도 하고 끝없이 서운하기도 하여 그의 뒤를
따라 툇마루로 나갔지요.

"아주머니."

소년은 구두를 신으려 걸터앉으려다가 나를 획
돌아보며 할 말도 없이 불러보며 선뜻 내 어깨 위
에 한 뺨을 기대고 정답게 비비려는 듯하더니 얼
른 그대로 건너앉아 버리며

"갑니다. 잘 주무세요. 그렇지만 심심하시겠어
요."

라고 잠깐 돌아서 방 안을 들여다보며 팔짱을 끼고 한번 고개를 기웃해보더니 휙 나가버렸어요.

"잘 가오……"

나는 겨우 그의 발자취 소리가 사라지자 방 안으로 돌아왔답니다.

그 방이 그처럼, 그 순간처럼 넓고 텅 빈 줄은 그때만치 깊이 느껴본 적이 없었어요. 나는 잠깐 가슴이 아린 듯 울듯 울듯 애처로워 어린아이 달래듯 방 안을 걸어보다가 참을 수 없어 뜰로 내려갔었지요. 하늘도 쳐다보고 꽃 냄새도 마셔보며

'어서 자자. 내 신경이 피로했구나.'

하고 자꾸 잠이 오게 애를 쓰다가 방으로 들어왔지요. 겨우겨우 잠이 든 때는 새로 한 시가 넘어서였답니다.

그 이튿날 아침에 나는 누구에게 흔들려 잠이 깼어요.

"어머니!"

내 눈앞에 아들 석주가 앉아 있었어요. 나는 부끄러움과 죄송함과 반가움에 떨리는 음성을 진정시켜

"석주냐…… 너 왜 왔니……"

라고 물었지요.

"그대로 왔지."

이 대답은 나를 보고 싶어 왔다는 뜻임을 아는 터이라 나는 벌떡 일어나려 했지요.

"어머니……"

석주는 어리광을 피우며 일어나려는 내 가슴에 머리를 부비며 내 팔을 베고 나를 안고 누웠어요. 그러고는 여느 때나 다름없이 바쁘게 젖을 찾아 쥐며 빨듯이 대들었어요. 그전 같으면 때려주든지 밀어 던지든지 하여버릴 것이었으나 그날은 잠잠히 그의 머리를 쓰다듬어 재우듯 하였지요. 이윽히 그러고 있는 사이에 내 눈에서 한 방울 눈물이 떨어져 석주의 어깨 위에 떨어졌습니다.

"어머니! 왜 울어, 울지 말어."

석주는 내 우는 양을 어릴 때부터 보아온 터이라 얼른 일어나 앉아 나를 일으켜주며 위로하는 것이었습니다.

나는 참을 수 없어 와락 얼싸안고 말았답니다.

"엄마, 나 인제 다 컸어. 그러니 엄마도 시집가야지…… 응! 어서 가. 그러면 나 엄마 행복하게 사는 집에 날마다 갈 테야. 내가! 응 응 엄마, 아주 훌륭하게 되어서 엄마를 행복하게 기쁘게 해드릴 수가 지금 당장 있다면 어떻게라도 해보겠지마는 아직 나는 나이가 어리니까 아직 틀렸지 뭐야. 아직 차 래차래* 멀었지 뭐. 그러니까 그때까지 어머니가 나를 기다리고 이러고 있는 건 잘못이야. 바보지 뭐, 응? 응 그렇지…… 그러니까 어머니 나 염려 말 고 얼른 시집가…… 그러면 그이 보고 나 아버지, 라고 불러도 좋지!"

라고 하지 않겠어요? 아비 없는 자식! 물론 석주 는 벌써 나이가 그만하니까 나를 위로하려고 그러 는 말이기는 하지마는 일생을 두고 아버지라는 것 을 가져보지 못한 이 자식의 쓸쓸함을 생각할 때 내 가슴은 서리를 맞은 듯 따갑고 모든 오뇌가 자 취 없이 사라지고 말았어요.

"엄마! 울지 말아요."

내 어깨를 잡아 흔들며 애타하는 석주를 앞에 앉히고 겨우 진정한 후 아침밥을 먹고 안방에서 어머니와 석주와 셋이서 재미있게 놀다가 사랑인 내 방으로 내려왔지요. 석주에게 여러 가지 포즈

---

* 까마득하게. 아득하게.

를 시켜보려는 생각이 났던 까닭입니다.

둘이서 막 방 안에 들어서니 소년 정규가 찢어진 화폭 앞에 팔짱을 끼고 물끄러미 서 있는 것이었습니다. 나는 가슴이 싸늘하게 고동치는 듯하며, 그 팔짱을 끼었다가 천천히 팔을 풀어 한 손은 뒤허리에 젖혀 붙이고 한 팔은 반을 걷어붙인 채 화폭을 잡고 서 있는 그 포즈에 나는 정신을 빼앗기고 말았더랍니다. 소년은 나와 석주에게는 무관심하고 한마디 인사말도 없이 깊은 생각에 잠긴 양 묵묵히 화폭만 바라보고 서 있는 것이었어요. 석주는 방에 들어가다 말고 나를 돌아보는 것이었어요.

"들어가! 손님이야. 아니 네가 형님이라고 불러. 아주 좋은 학생이란다."

라고 횡설수설하게 주워대었지요. 석주는 그저 웃으며 고개만 끄덕이고 방으로 들어가므로 나는 소년의 곁으로 다가가 서서

"그만 보고 이 애는 내 아이니까 무엇이든 좋은 것 많이 가르쳐주어요."

라고 말했지요. 그제야 소년은 석주를 돌아보며,

"네, 그러세요. 전들 뭐 압니까? 우리 동무 됩시

다."

라고 석주에게 말을 건넨 후 얼굴을 붉히며 고
개를 끄덕이는 석주는 그대로 둔 채 나를 향하여

"아주머니, 이 그림을 도로 그리세요. 다시 붙일
수가 없을까 하고 지난날 새도록 연구해보았어요.
그러나 안 되는구먼요. 그러니 다시 그리시는 수
밖에, 다시 그리세요."

반은 명령하는 듯한 음성이었어요. 나는 고개만
끄덕여 보였답니다. 그리고 석주 곁에 가 앉으며

"당신도 이리 와요."

하고 소년을 불렀습니다. 소년은 돌아서 나를
물끄러미 바라보더니 잠깐 몹시도 답답한 듯한 표
정을 지었다 말고 내 곁에 선뜻 걸어와서 싱긋 웃
으며 퍼질러 앉았습니다.

나는 먼저 손을 들어 소년의 어깨에 얹고 또 한
손으로는 석주의 손을 잡고 무엇이라 할 말이 있
을 듯하였어요. 그러나 내 입에서는 아무 말도 나
오지 않고 무거운 침묵만이 계속되었어요. 여보세
요, 당신은 소설을 쓰시는 이니까 그때의 내 가슴
속을 얼마만치라도 이해하실 수 있으신가요? 정
말 그때 내 마음 가운데 불순한 점이 있었다고 단

정하시지는 말아주세요. 가령 내가 그 소년을 동경하고 연모하며 내 나이가 소년에게 비하여 너무나 늙었다든가 또는 아무래도 그 연정을 만족시킬 수가 없으니까……라고는 부디 상상도 마세요. 나는 그러한 생각은 일순간의 그림자만치라도 염두에 두기가 불쾌했고 또 내 스스로 혹 내가 소년을 연모하는 것이나 아닌가, 이만한 나이로서……라고 단 한 번이라도 생각해보기가 불쾌했어요. 나의 이 심정을 아시겠어요. 그러한 얼토당토않는 말도 안 되는 생각은 나는 할 수가 없었어요. 그러나 보세요. 웬일일까요. 내 가슴은 무슨 까닭에 뛰는 것이고 왜 그다지 갑갑하고 괴로운가요. 아마도 가슴이 괴롭다는 것은 그런 건가 봐요. 숨이 꽉 막힐 것 같고 갑갑해 못 견디겠고 눈물이 꽉 차 용솟음을 치는데도 한 방울 흩어지지도 않는, 아무 까닭을 따져볼 수도 없는 그러한 가슴이었어요.

　"아주머니, 나는 그림은 전혀 문외한이랍니다. 아주 몰라요, 그래도 시나 시조 같은 것이나 소설 같은 건 조금 읽기도 했어요."

　하고 소년은 그의 어깨 위에 놓여 있는 내 손을 들어다 제 무릎 위에 놓고 쓰다듬으며 말을 끄집

어냈습니다. 나는 자다가 깬 것처럼 어리둥절하며 석주에게

"너는 무엇을 좋아하니?"

하고 물었지요.

"나? 나는 엄마의 아들이니까 그림이 좋다고 할까……?"

석주는 아주 어리광을 피우며 웃어대는 것이었어요. 나는 잠잠히 앉았다가 소년에게 민망하여

"그러면 지금까지 읽은 소설 중에서 무엇이 제일 좋았어요?"

하고 물어봤습니다.

"좋은 건 하도 많으니까…… 그래도 나는 도스토 옙스키의 『죄와 벌』의 라스콜니코프만치 감명 깊은 주인공은 없었어요. 그리고 시조로는 누구보다 노산의 것이 제일이었어요."

라고 그는 제법 나이 든 사나이같이 이야기하는 것이었어요.

"아주머니, 내 하나 외울 테니 들어보세요. 석주도 들어요. '윗가지 꽃봉오리 아래 가지 낙화로다. 한 나무에 붙은 것이 성쇠 어이 이러하니 꽃 아래 섞인 노유老幼야 일러 무엇 하리오.' 어떠십니까."

　소년은 내 얼굴을 쳐다보는 것이었어요. 나는 하마터면 눈물이 떨어질 뻔한 것을 꿀꺽 삼키며

　"석주야 너 그 뜻 아느냐."

　고 공연히 필요 이상의 큰소리를 질렀더라오. 소년은 아무 말 없이 앉은 채로 나를 바라보며 묵묵히 앉았지요. 석주는 벌떡 일어나 종이와 연필을 찾아 가지고 와서

　"여기 써주세요."

　라고 졸랐습니다. 소년은 선뜻 연필을 들고 엎드렸다가 한 팔을 내 무릎에 걸치며 내 팔은 제 가슴 아래 깔며 종이에다 쓰기 시작하였어요. 나는 연필 끝이 굴러가는 자리를 좇고 있었지요. 그 시조를 다 쓰고 나더니 또 하나 쓴다고 하며 제목은

　"할미꽃이에요."

　라고 전제를 두고 난 후

　'겉 보고 늙다 마소. 속으로 붉은 것을 해마다 봄바람에 타는 안, 끄지 못해 수심에 숙이신 고개 알이 없어 하노라.'

　라고 쓰고 나더니 연필을 잡은 채 그대로 종이를 덮어 이마를 내려놓으며 길게 한숨지었어요. 나는 잠잠히 그의 뒤통수를 내려다보다가 무심한 듯

"어디 봅시다."

하고 그의 이마 밑에서 그 종이를 빼내려 했지요. 그랬더니 그는 제 가슴에 깔린 내 무릎을 꼭 껴안으며

"용서하세요."

라고 하였어요. 나는 무엇이라고 하여야 옳을까요! 나는 바보인 양 하하 웃었답니다. 그리고 얼른 석주에게

"자, 너 그 종이 빼앗아라. 내 거들어줄 테니."

하고 소년의 양편 목으로 손을 넣어 그의 상체를 껴안듯 일으켰지요. 석주는 재미있는 듯 깔깔 웃으며 얼른 종이를 빼들고 바쁘게 읽기 시작하고 소년은 또 한번 긴 한숨을 쉬고는 벌떡 일어나 앉았어요.

"어디, 나 좀 읽어보자."

나는 석주와 머리를 한데 대고 다시 그 노래를 읽습니다. 소년은 잠깐 바라보더니 다시 그 종이를 받아들고 이제는 휙 돌아앉아 또 무엇을 쓰더니 나의 어깨에다 머리를 얹어놓으며

"이건 어떻습니까! 어젯밤에 외운 것이랍니다."

하며 종이를 치켜들었어요.

"이름 잊자 취한다니 못 믿을 말이로다. 잊으려 잊을진대 임 여읜다 슬플 것인가. 낙엽이 어지러운 밤은 더 못 잊어 하노라."

나는 소리를 내어 읽었어요. 그리고 잠잠히 우리 셋은 나를 가운데 두고 서로 뺨을 눌러대고 다시 읽고 또 한번 바라보고 하였답니다. 어느덧 내 뺨에는 눈물이 흘러내리고 석주는 종이를 뺏어 들고 저 혼자 엎드려 읽고 있으며 소년은 내 손을 힘껏 쥐며 내 뺨에 흐르는 눈물을 제 뺨에 받으며

"울면 슬퍼! 용서하세요."

라고 무엇을 사죄하는지 초조함을 못 참는 듯하였습니다. 나는 얼른 눈물을 씻고

"벌써 저러한 시조의 뜻을 알아?"

하고 생도를 꾸중하려는 늙은 선생님같이 물었어요.

"모릅니다. 몰라요. 그저 좋은 것 같았을 뿐입니다. 공연히 썼지! 다시는 쓰지 않을 터입니다. 잘못했어요. 용서하세요."

소년은 또 용서하라고 사죄합니다.

'무엇을 용서하랴! 소년아, 너 나를 용서하라. 내 마음이 죄에 가득하였다.'

라고 나는 혼자 가슴속으로 되씹어보았답니다. 그리고 내 마음이 더 죄 된 생각이 일기 전에 오늘에라도 성규 씨를 찾아가 약혼을 허락해버려야겠다고도 생각했어요. 물론 내가 왜 눈물을 흘렸는지 그리고 소년은 그 시조를 무슨 의미로서 보임일까. 단순히 좋은 시조이니까 써 보였음이라 하자. 그리고 그는 감격하면 내 뺨에 기대고 내 무릎을 안고…… 모두가 소년은 어머니도 누나도 없는 고독한 생활이었다. 그러니 나를 어머니에게 만족하여 보지 못한 사랑을 찾는 것이다. 나 역시 무슨 별다른 의미가 있었으랴! 공연히 경계하고 공연히 소년의 감정에 내 스스로 감격하고 이름 없이 눈물이 난 것이다. 이제 두 사람의 가슴속을 예리한 메스로 해부하고 싶지 않다. 얼토당토않은 연정으로 이렇듯 감격하는 건 아니다, 아니다! 라고 나는 이를 갈듯 입을 꼭 다물었답니다. 그리고 나는 벌떡 일어서며 소관이 있다고 핑계한 후 외출할 준비를 하였답니다. 두 소년은 일제히 손뼉을 치며

"어딜 가세요, 우리도 따라가요!"

라고 합니다. 나는 무서운 표정을 지으며

"안 돼! 멀리 간단다."

라고 딱 거절을 했지요. 그리고

"둘이서 놀아요!"

하고 방을 나와버렸지요. 그랬더니 두 소년은 서로 눈으로 무엇이라 의논하는 것 같더니

"어서 다녀오세요. 오실 때 맛있는 것 사가지고 오세요."

라고 합니다.

나는 무서운 가슴을 안고 집을 나서기는 했으나 갈 길이 없어 잠깐 망설인 후 어딘지 막 걸어갔습니다. 얼마를 걸었는지 내 몸은 본정통 거리에 있었습니다. 나는 발끝으로 보도를 힘껏 차 던지고 휙 돌아서 남편이 살았을 때 한번 가본 적이 있는 ××라는 정결한 레스토랑을 생각하고 그리로 발을 옮겨갔습니다. 벌써 점심시간이 지난 때이기는 하나 식당 안은 반 이상 사람이 차 있었으므로 나는 한옆에 가 힘없이 주저앉았지요. 그리고 두어 가지 요리를 시킨 후 가만히 머리를 두 팔에 의지하여 하염없이 앉아 있었답니다. 될 수 있는 대로 죽은 남편과 이곳에 왔던 때를 생각해보려고 했습니다. 웬일일까요. 그때 내 눈앞에는 천진스런 석주의 웃는 얼굴과 함께 나에게 애원하듯 호소하듯

원망하듯 애틋한 얼굴로 물끄러미 바라보는 소년의 얼굴이 나를 괴롭게 할 뿐이었습니다. 나는 머리를 흔들고 눈을 감고 소년의 환영을 털어버리려 애썼답니다.

내 앞에 갖다 놓는 요리 그릇 소리에 번쩍 정신이 나므로 간신히 포크를 잡았으나 하나도 입으로 가져가기가 싫었습니다. 두 소년은 점심을 어떻게 하는가…… 나는 그 염려에 잠시도 그대로 앉아 있을 수가 없어 그대로 벌떡 일어섰지요.

"아하하!"

바로 내 등 뒤에서 들리는 웃음소리에 나는 두 자루의 총에 맞은 듯하여 얼른 돌아보지도 못하고 서 있었습니다.

"어머니!"

"아주머니!"

아! 아! 두 소년이 그 자리에 나타날 줄 내 어이 알았겠어요. 나는 천천히 그들을 바라보았어요.

애원하듯 원망하듯 호소하듯 입을 다물고 나를 바라보는 그 소년의 얼굴! 나는 나도 모르게 고개를 숙였습니다. 천신만고로 금강산 비로봉 위에 올라서던 그 순간에 마음과 몸이 함께 무한한 청

정 앞에 무릎을 꿇던 그 순간과도 같은 감격이랄
까요! 아니 그 비로봉 상상봉 위에서 자연의 극치
의 미를 두 발 아래 내리누르고 서 있는 하나의 인
물! 그것을 그리려던 나! 오오! 나는 그 소년의 그
때 그 얼굴을 잊을 수 없습니다. 그 얼굴! 그 얼굴!
내 오래오래 이상으로 하여오던, 찾아 헤매던 그
얼굴 보세요! 나는 가슴이 떨리고 음성이 벙어리
같이 나오지 않았답니다.

"누구를 기다리십니까? 방해되면 우리는 갈 테
에요."

이윽고 소년은 입을 열며 나에게 다가서서 내
한 팔을 잡아 금방 쓰러질 듯한 내 몸을 지탱해주
었습니다.

"……"

나는 머리를 간신히 흔들었지요.

"누구를 기다리시면 상관있어요. 오거든 우리는
가버리지…… 어머니 그렇지? 우리는 어머니 뒤를
이제껏 쫓아다니며 벌써부터 어머니 뒤에 서 있었
지 뭐……"

석주는 걸터앉으며 떠들어댔지요. 나는 잠잠히
다시 앉으며 소년에게도 앉으라고 하였지요. 그리

고 다시 요리를 명하였더랍니다.

"흐흥!"

소년은 고개를 숙이고 무엇을 생각하는지 나이 많은 철학자와 같이, 아니 한 많은 시인과도 같이 혼자 잠잠히 고개를 끄덕이며

"흐흥, 흐."

하는 탄성을 내뿜고 있습니다. 그 태도는 너무나 소년답지 않았습니다. 그는 벌써 내 가슴속을 훤히 다 들여다보고 있는 것 같았습니다.

"흐음."

하는 그 탄성은 진리를 탐구하는 철학자가 때때로 스스로 긍정하는 그러한 종류입니다. 나는 소년의 그 탄성을 들을 수가 없었답니다. 너무나 내 속을 뚫고 들어오는 것 같았어요. 겨우 식사를 마치고 그 집을 나서자 소년은 발을 멈추고 지나가는 택시를 세운 후

"타세요."

하고 명령같이 말했습니다. 나와 석주는 로봇같이 아무 말 없이 올라앉았습니다. 그는 내 옆에 앉으며

"한강으로."

라고 명합니다. 석주는 좋아라고 손뼉을 쳤으나
나는 이 뜻하지 않은 소년의 태도에 어리둥절했습
니다. 그러나 소년은 조금도 움직임 없이 깊은 생
각에 잠긴 양 팔짱을 끼고 무릎만 내려다보고 있
었습니다. 나는 몸에 소름이 쫙 끼쳤어요.

"자동차를 돌려주세요. ××동으로."

라고 나는 참다못하여 운전수에게 말했습니다.
그러나 소년은 잠잠히 그대로 앉아 있었어요. 그길
로 우리 집까지 셋이 함께 돌아오게 되었답니다.

나는 옷을 갈아입지도 않고 그림을 그리려는 듯
이 서두르기도 하고 안방으로 건너가고 석주에게
쓸데없이 설교도 하고 점잖은 어머니답게 서둘렀
지요.

석양이 되어 석주와 함께 소년은 돌아갔습니다.
나는 그 자리에서 더 참을 수가 없었습니다. 나는
금방 뛰어나가 소년의 뒤를 따르고 싶었습니다.
내 방에 들어가니 넓은 사막에 간 것같이 공허하
고 애끓었어요.

나는 내 마음을 꾸중하며 손가방에 행장을 수
습하여 어머니께 허락을 받은 후 그 자리에서 집
을 떠났습니다. 떠날 때는 금강산으로나 바다로나

멀리멀리 가보려고 생각했던 거랍니다. 그러나 내 손에 쥐인 차표는 불과 서울을 백 리 남짓 떠난 ×× 가는 것이었습니다. 나는 그날 밤에 ××역에서 ××산 꼭대기에 있는 조그마한 절을 찾아 험한 산 길을 무서운 줄도 모르고 올라갔습니다.

그 조그마한 암자에 당도하였을 때에는 벌써 열 시가 넘었으나 단 혼자 있는 늙은 여승은 반갑게 맞아주고 따뜻한 저녁까지 지어주셨습니다. 그리 하여 나는 그 밤을 꼬박 여승 앞에서 새우고 이튿 날 새벽부터 그 산꼭대기를 헤매기 시작했습니다. 육체의 피로로 말미암아 정신의 괴로움을 잊어버 리려는 뜻이었어요.

'돌길이 좁고 험해 홀몸도 어려워 늘 무거운 세 상 시름 지고 안고 무삼일고.'

하는 시조 생각이 문득 나며 내 가슴은 아팠습 니다. 보세요. 이상합니다. 내가 그때까지 그렇게 괴로워해본 적이라곤 없었답니다. 공연히 이름도 없는 그 괴로움, 다만 소년의 그 얼굴 그 얼굴이 내 눈에 떠오르면 내 가슴은 괴롭습니다. 답답하고 서럽고, 기쁜 듯 애끓는 듯합니다. 이게 웬일일까 요. 소년을 그리는 연정이라고는 부디 생각지 마

세요. 나는 연정이라고는 머릿속에 잠시라도 생각
해보기 불쾌합니다.

그 얼굴 눈앞에 그리며 가슴 괴로운 그것뿐입니
다. 그 심리를 예리한 메스로는 부디 해부하려 마
세요.

나는 그날 해가 지고 어둡스리하게* 저물어들
적에 그만 가슴에 애가 똑똑 끊어지는 듯했습니
다. 목구멍이 꽉 막히는 듯도 했어요. 산꼭대기 바
위에 기대섰다가 나는 발을 탁탁 굴렀어요. 아! 못
견딜 일이었어요. 참을 수가 없었어요.

무엇을 못 견디겠으며 무엇을 못 참아 그다지
애끓었는지 난 모릅니다. 그 소년의 얼굴을 보고
싶어 그런 것도 아니었어요. 그렇지 않고 또 다른
의미로 소년과 한자리에 있기를 원하는 마음도 아
니었어요. 다만 눈앞에서 나를 바라보는 그 소년
의 환영을 바라보며 나는 발을 구르고 가슴을 쥐
어뜯고 머리를 부딪치고 못 견뎌 해야만 되는 것
같았어요.

왜 웃으십니까? 당신은 내가 오랜 독신 생활을

---

* '어둑하다'의 방언.

계속해온 까닭에······라고 생각하십니까? 아! 아니
꼬워!

제발 그렇게 생각하지 말아주세요. 나는 소년을
머리에 그릴 때 이성적 무슨 흥분을 상상해보지
못했습니다. 다만 그의 얼굴을 내 눈앞에 그리며
내 가슴이 괴로울 따름입니다. 아니 괴로움이란
말로써 표현할 수 없는 단순히 괴롭다고만 표현할
수 없는 기묘한 마음의 동요입니다.

그러나 나는 참았답니다. 잔인한 악마같이 나는
내 마음의 그 안타까워 못 견뎌 하는 양을 꾹 누르
고 있었던 거랍니다.

그렇게 또 하루가 지났습니다. 나는 그 산중에
서 내 몸과 혼이 고갈되어 티끌같이 흩어지는 한
이 있더라도 내 가슴이 평온해지기 전에는 세상
밖에 나가지 않을 결심이었습니다.

산채를 반찬 삼아 점심을 먹은 후 나는 또다시
육체를 피로하게 하기 위하여 산속으로 들어갔습
니다. 이리저리 계곡을 끼고 돌부리에 쉬어가며
새소리도 듣고 바람결에 위로도 받으며 작고 그늘
진 바위 위에 걸터앉아 계곡물 소리에 귀를 기울
이며 한결같이 소년의 얼굴을 눈앞에 그려보고 있

었습니다. 벌써 이 산중에 온 지가 사흘이나 되었고 그만치 종일 헤매고 돌아다녔으니 몸의 피로는 비할 데가 없었습니다. 그러나 몸이 너무 피로하면 생각할 틈이 없으리라고 연상하였던 것은 틀린 생각이었나 봐요. 내 가슴은 조금도 변함없이 안타깝고 내 마음의 안심은 까마득하게 얻기 어려웠습니다. 나는 혀를 차고 고달픈 몸을 일으켜 차라리 절에 돌아가 편히 누워보려고 생각했습니다.

두어 걸음 암자를 향해 돌아오는, 내 눈에는 커다란 참나무 가지 사이에 그 소년의 얼굴이 있었습니다. 나는 물끄러미 바라보며 눈을 감았다 떴다 하며 걸어갔습니다. 내 눈앞에 나타난 그 환영에 나는 한 걸음 한 걸음 가까이 가는 것이었어요. 그랬더니 아!

"아주머니!"

그 참나무 가지 사이에서 나를 바라보던 그 소년의 환영이 나에게 달려오며 소리치지 않았겠습니까? 그 순간 나는 내 정신의 착각에 두 귀가 꽉 막히는 듯하였어요. 나는 내가 정신이상에 걸렸구나! 하고 가슴속으로 외쳤답니다.

"아주머니 왜 여기 오셨어요. 나는 얼마나 찾았

는지!"

소년은 내 어깨를 휩싸 안으며 내 뺨에 무수히 입 맞추었습니다. 나는 멀거니 서 있었지요. 눈물도 흐르지 않더구려.

"나는 아주머니가 어디로 가신가 하여 미친 듯이 헤매었지요. 그랬더니 오늘 아침 석주 군이 아주머니가 이리로 가 계신다는 엽서를 보여주겠지요."

소년은 나를 어린아이 만지듯 이리저리 돌려보며 흔들어보고, 따로 세워보고 안아도 보고 입 맞추어도 보고 하는 것이었습니다. 내가 이 산으로 올 때 이 산 앞 정거장에서 아무에게도 가르쳐주지 말라고 한 후 그곳에 와 있다는 간단한 엽서를 집으로 보냈더니 석주가 그 엽서를 가져다 그 소년에게 보였던 것인 줄 깨달았습니다. 나는 내 스스로 가슴속을 좌우할 수 없어 묵묵히 서 있었답니다.

"나는 다 알아. 글쎄 아주머니, 나는 다 안다니까요! 내가 미워서 이리로 숨으셨지 뭐, 나를 미워해서……"

소년은 그러면서도 그 두 눈에 기쁜 빛이 가득

해 있었답니다. 나는 무엇이라고 하나요? 잠잠하고 서 있었지요! 그 소년의 머리를 내 가슴에 한껏 껴안아버리고 싶은 것을 참았답니다. 장승같이 멀거니 참았답니다.

"아이 저것 보세요. 아주머니 저것 봐요."

소년은 내 얼굴을 두 손 사이에 넣어 치켜들어 나무 위를 보여줍니다. 나뭇가지에 이름 없는 두 마리 새가 정답게 지저귀며 가지런히 앉아 있습니다. 우리는 모든 것을 잊고 모든 것을 다 잊어버리고 꼭 껴안았답니다. 서로 뺨을 마주 대고……

그리고 우리는 그대로 얼마를 서 있었는지 해님은 숨어버리고 석양의 붉은 노을이 아! 석양의 붉은 노을이 나뭇가지 사이로 찬란하게 우리를 비춰주었어요. 꼭 지금 저 노을과 같이 몹시도 아름다웠답니다. 우리는 감격에 떨리는 가슴을 제각각 부여안고 마주 손을 잡은 후 암자로 돌아왔답니다.

"나는 가야 돼요. 형님이 기다리세요."

소년은 애처로운 얼굴로 일어섰습니다. 정거장까지 십 리가 넘는데 어떻게 돌아갈까…… 나는 가슴이 어두워졌답니다. 그러나 그를 붙들 수는 없었답니다.

그는 어두운 산길을 쾌활하게 웃어 보이며 내려
가버렸어요. 나는 참을 수 없어 방 한가운데 가 우
뚝 서 있었습니다. 얼마를 서 있었는지 내 눈에서
눈물이 얼마나 흘러내렸는지 나는 소리도 없이 울
었답니다.

무엇을 위해 울었는지 모릅니다. 묻지 마세요.
그 밤은 어떻게 새웠는지 그 이튿날 아침이 되었
어요. 나는 산으로 헤맬 것도 잊어버리고 여승의
염려하는 얼굴을 무감각하게 바라보며 오정午正
가까이 그러고 앉아 있었답니다.

"아주머니……"

아! 소년은 또 왔던 거랍니다. 그는 방 안에 들어
오지도 않고

"아주머니 나는 곧 가야 돼요. 오후에 형님과 할
일이 있답니다. 한 시 오 분에 떠나는 기차를 타고
돌아가야 한답니다."

소년의 얼굴은 태양같이 빛났습니다.

"아, 아!"

그는 기쁨을 못 참아 하였습니다.

"아주머니, 손 한번 쥐어주세요. 곧 갈 테니."

소년은 창턱으로 두 손을 내 앞으로 내밀었습니

다. 나는 몹시 노한 얼굴을 지었습니다.

"왜 왔어? 이 먼 데 산길을 십 리 밖에서 왔어. 곧 돌아갈 걸 왜 왔어요?"

라고 꾸짖었답니다. 그때 내 마음속을 이해하십니까?

"그래도! 그래도 왔지 뭐. 곧 갈 테니 노하시지 마세요."

소년은 원망스럽게 나를 바라봅니다. 나는 와락 그의 앞으로 달려가 그의 얼굴을 얼싸안았답니다.

"노한 것이 아니야. 공연히, 어저께 오고 오늘 또 왔어. 또 급히 돌아가고 하면 병날 것이니까······ 응? 앞으로는 절대 오지 말아요. 오면 안 돼."

라고 달래듯 타일렀지요.

"응! 안 올 테야. 정거장에서 삼십 분 걸었답니다. 막 달음박질쳤지요. 형님은 어디 가느냐고 야단이었지만······ 대답도 하지 않고 튀어나왔어요."

소년은 웃으며 이야기하는 것이었습니다.

"아이, 시간도! 가야 되겠네!"

한번 발길로 땅바닥을 차고 난 후

"아주머니 나는 참을 수 없어요. 내일 또 올지 모른답니다."

하는 말을 남기고 휙 돌아섰습니다. 나는 벌떡 일어나 밖으로 내달으며 그의 뒤를 따랐습니다. 그러나 소년은 돌아보지도 않고 막 달음질을 쳐 내려갑니다. 험한 산길을 날랜 맹호같이 이리 뛰고 저리 뛰며 몸을 날려 잠시간에 산모롱이 저쪽으로 사라져가고 말았습니다. 나는 꿈같았습니다. 그러나 내 몸에는 소름이 끼쳐요. 지금까지 그처럼 온순하고 정직하던 소년이 행여나 제 형에게 거짓말하는 것을 생각해내지 않을까, 하는 여러 가지로 소년에게 좋지 못한 영향이 되지나 않을까, 하고 나는 깊이 생각하였더랍니다.

그 이튿날 나는 행여나 또 소년이 올까 두려워, 아니 그가 옴으로 말미암아 내 감정이 무궤도를 좇을까 두려워, 아침을 먹은 후 얼른 방 안을 치워 놓고 여승에게 소년이 오거든 지난밤에 집으로 돌아갔다고 말하도록 부탁한 후 산속으로 숨어 들어 갔더랍니다. 아! 나는 여승, 부처님께 몸을 바친 그 성스런 일생을 가진 여승에게 거짓말을 가르쳤더랍니다. 나는 괴로운 가슴을 안고 깊숙한 바위틈에 끼어 앉아 해 지기를 기다렸답니다. 새들은 나를 나무둥치로 알았는지 내 곁으로 날아가며 몹시도 우짖어요. 나는 수도하는 성자같이 그대로 앉아 박혔답니다.

하루 동안이란 길기도 하고 지나고 보니 짧기도 하여 어느덧 선뜻한 기운이 스며드는 것을 보아 석양이 가까웠음을 알았습니다.

"아주머니……"

"아주머니……"

산곡을 울리며 날 부르는 소리가 화살같이 내 두 귀에 날아와 꽂힙니다. 나는 내 스스로 참는 그 중에 참았다는 승리감에 잠겨 있었던 터입니다. 나는 대답 대신 몸을 굽혀 바위 그림자에 숨어버렸습니다.

"아주머니……"

그 부르는 소리에 내 뼈는 자르륵자르륵 무너지는 듯하였답니다. 그러나 입술을 꼭 깨물고 두 귀를 꼭 막았습니다.

"아주머니……"

"아주머니 왜 이러고 게세요?"

소년의 음성이 내 귓결에 닿았습니다.

"아주머니……"

소년은 불길한 예감에 엄습을 당했는지 와락 내

어깨를 안아 일으켰습니다.

"아주머니……"

한없이 흘러내린 내 눈물을 소년은 내려다보며 고함쳐 불렀습니다. 나는 숨을 쉬지 않고 그대로 질식하여 숨을 끊어버릴 결심이었답니다.

"아주머니 싫어. 난 다 알아요. 내 말을, 나도 아주머니께 꼭 할 말이 있어요. 내 말을 들으세요, 네!"

안타깝게 내 가슴을 뒤흔들었답니다.

나는 그의 두 팔을 뿌리치고 일어섰습니다.

"왜 왔어! 나는 고요히 생각할 일이 있어 이러고 있는 거야!"

하고 몹시 성을 내며 눈물을 되는대로 훔쳤습니다.

"아주머니 노하시지 말아요. 나는 어립니다. 아직 어린아이에요. 그러나 남자랍니다. 사나이에요."

소년의 음성은 떨렸습니다. 나는 참을 수가 정말 없었답니다.

"정규! 내 말 들어요. 나를 괴롭게 말아. 이러고 나를 찾아다니면 당신의 장래가 어떻게 되는 거에

요. 나를 찾아와도 좋은 건 배울 것 없고 나쁜 것만
알게 되는 거니까 다시는 나를 찾지 말……"

라고 겨우 이렇게 타이르듯 했지요.

"아주머니, 내 나이는 어린애지마는 나도 사나
이예요. 내가 해서 좋고 그른 것을 모를 내가 아니
랍니다. 아무리 나를 나쁜 구렁으로 밀어 넣어도
나는 빠지지 않을 자신이 있답니다. 그리고 아주
머니께 좋지 못한 것을 배운다고 하시지마는 나는
세상에 악한 것이나 선한 것이나 모조리 있는 대
로 다 알고 다 배우겠어요. 내 나이 어려서 악한 영
향이 될까는 두려워 마세요. 나도 어느 때까지 어
린애로만 있을 게 아닙니다. 어느 때 누구에게서
든지 배우고야 말 것이니까 형님이 나를 불량해질
까 염려하실지 모르나 나는 우스워요. 모든 것은
내가 착한 사람이 되고 안 되는 데 있으니까 아주
머니 까닭에 착하게 될 내가 악하게 될 리 없습니
다."

소년은 어른 같은 어조였습니다. 나는 잠잠히
들었어요. 과연 소년은 제 말과 같이 한 개의 자아
를 파악한 성인이었어요.

"여승님이 아주머니가 집으로 돌아가셨다고 하

지마는 나의 이 육감이 번쩍하며 아무래도 이 산
속에 계실 것만 같았어요. 오정 때부터 지금까지
이 산속을 모조리 헤맸답니다."

소년은 제 할 말을 다 했다는 듯 웃는 얼굴로 나
를 이끌어 암자로 돌아왔습니다. 벌써 시계는 여
섯 시입니다. 일곱 시에 떠나는 기차를 타야 될 소
년입니다. 소년은 잠깐 몸을 쉰 후 일어섰습니다.

"아주머니…… 정말 울지 말고 계세요. 내일 또
올 터입니다. 나 까닭에…… 아주머니 죄송합니다.
용서하세요."

소년은 표연히 이 말을 남기고 떠나갔습니다.
그는 점심도 굶고 온 산을 헤매다가 이제 또 걸어
갑니다. 그러나 그의 얼굴에는 괴로운 빛이 없었
어요. 몇 분 동안이나마 나의 얼굴을 마주 볼 수 있
다면 어떠한 고초와 장애라도 걷어차겠으며 얼마
나 한 오랜 괴로움이라도 우리 둘이 함께할 단 일
분간을 위하여 그는 노력 분투할 것 같았습니다.

그 이튿날 오정 때쯤 하여 그는 또 왔습니다. 그
의 얼굴은 수척하고 전신에 기운이 빠진 듯하였습
니다. 내 얼굴을 바라보자 그는 달려와 기쁘게 웃
고 즐거운 새소리를 들으며 내 손을 잡아 흔들고

서늘한 바람이 불어오면 내 뺨에 기대며 철없는
듯 우리는 웃고 이야기하고 시간을 보냈습니다.
우리는 무척 즐거웠습니다. 괴로워할 것도 염려할
것도 아무것도 없었어요. 내가 무엇을 그다지 괴
로워했는지 알 수 없었답니다.

우리는 다만 그러고 있기만 하면 그만입니다.
그 외에 다른 아무 욕망이 없었어요. 그는 어린아
이처럼 되려고 애쓰고 나는 늙은 어른같이 보이려
애쓰고, 그러면서도 모든 것을 잊고 함께 감격되
는 이야기가 나올 때는 서로 뺨을 기대고 하였답
니다. 즐거운 시간이었습니다.

내가 나이 많은 것을 잊고 그가 어린애처럼 보
이려 애쓰지 않는 그런 순간이 올 것만 같아 나는
가슴을 괴롭게 하기 시작했던 것입니다. 그 생각
마저 즐거운 것이었어요.

이렇게 우리는 또 하루를 보내고 난 후 나는 집
으로 돌아왔답니다.

돌아오던 그 이튿날 성규 씨에게서 엽서가 왔
습니다. 그 엽서에 정규 소년이 앓는 중이니 미안
하나 한번 오셔주시기 바란다는 것이었어요. 나는
마음에 동요를 억제하며 병원에 가보았습니다. 성

규 씨는 반갑게 나를 맞아 이 층으로 올라갔어요. 과연 소년은 얼음베개에 누워 앓고 있었습니다. 내 두 다리는 떨리고 가슴은 불덩어리를 먹은 듯 하였습니다.

"아주머니! 아주머니!"

소년은 나를 부릅니다.

"왜 이러오."

나는 간신히 그의 곁에 가서 앉았습니다. 그리고 소년의 손을 쥐었지요.

"아주머니 염려 마세요. 곧 낫습니다. 형님도 염려 마세요. 그저 열이 좀 났을 뿐인데……"

소년은 열심히 그의 형과 나를 안심시키려 했습니다.

"아주머니, 미안하지마는 내 곁에 있어주세요. 나는 아주머니가 곁에 있으면 곧 나아요."

하고 어리광같이 애원합니다. 나는 고개를 끄덕여 보였습니다. 성규 씨는 나에게 죄송한 듯

"너 그렇게 고집 부리지 마라. 아주머니도 몸이 약하신데 어떻게 네 간호를 하시니."

하고 소년을 꾸중합니다.

나는 성규 씨에게 염려 말라고 한 후 소년의 베

개도 고쳐주고 이불도 다시 덮어주고 했지요. 소
년은 가끔 내 손을 더듬어 쥐고 감격에 찬 한숨을
내쉬며 열에 뜬 붉은 눈으로 물끄러미 바라보고
하는 것이었습니다.

그날 밤입니다. 해열제를 먹인 후 주사를 하여
겨우 잠이 든 소년의 곁에 앉아 있는 나를 성규 씨
는 손짓으로 밖으로 나가기를 청했습니다. 나도
피로하여 잠든 그를 홀로 눕혀둔 채 성규 씨와 아
래층으로 내려왔습니다.

기막힐 일입니다. 성규 씨는 정규가 나를 그리
워하는 것을 단순히 자기를 위하여, 다시 말씀하
면 성규 씨와 결혼하게 하느라고 하는 어린 수단
으로 여기는 모양이었습니다. 나는 무어라고 말할
수 없었답니다. 그리고 그 자리에서 그와 결혼할
것을 허락했던 거랍니다.

내가 성규 씨와 결혼하게 되는 날 나와 소년은
완전히 구원을 받을 것으로 생각된 까닭입니다.
나와 소년은 어느 때라도 한집에 살 수 있고 서로
사랑할 수 있고 그러면 양심에 죄 있는 생각이나
잡념이 없이 순수한 육친적 사랑에 잠길 수 있으
리라고 나는 생각했던 거랍니다. 소년도 얼마나

기뻐하랴! 언제든지 나와 한집에 있게 될 테니까.

나는 무척 기뻤습니다. 물론 성규 씨도 기뻐했어요.

소년은 그 이튿날 오후부터 열이 내리기 시작하여 사흘째 되는 아침에는 완전히 일어나게 되었습니다.

나는 그날 점심을 두 형제와 함께 먹고 집으로 돌아왔습니다. 다 돌아와서 막 옷을 벗으려는데 소년이 뒤쫓아 와 몇 번이나 감사하다는 인사를 한 후

"아주머니 꼭 제가 드릴 말이 있어요."

라 하였습니다.

"무슨 말?"

나는 태연하게 반문했지요.

"내가 말하지 않아도 아시겠지……"

소년은 얼굴을 붉히는 것이었습니다.

"말해야 알지 나는 당신만치 영리하지 못해서 모르겠어요."

라고 하였습니다.

"싫어요. 아시겠지 뭐! 알아주셔야 해요."

소년은 부끄러운 듯 내 어깨에다 이마를 문질렀

습니다.

"할 말은 무슨 할 말이야. 다 그만두고 집으로 돌아가 편히 누워 계세요. 또 앓으면 안 돼!"

나는 웃어 보였답니다. 소년은 이윽히 내 방에 궁글며* 즐거운 듯 책들을 펴보며 놀다가 돌아갔습니다. 나는 그날 밤 가슴이 갑갑하여 견딜 수가 없었습니다. 아무리 풀어도 풀 수 없는 산술 문제와도 같이 성규 씨와 나의 결혼이 이 갑갑한 가슴의 열쇠가 되지 못하는 것만 같았어요.

그러나 나는 무리를 해서라도 하나에 하나를 보탠 것이 셋이라는 답이 나와도 그것을 그대로 옳다고만 하려고 애쓰며 그날과 또 이튿날을 보냈던 것입니다.

이날 성규 씨가 찾아왔습니다. 결혼 청첩을 인쇄하여 가지고 온 것이었어요. 나에게 백여 장 갈라놓은 후

"아는 분에게 보내세요. 나는 제일 먼저 정규에게 한 장 보낼 터입니다."

라고 하였어요. 그는 아우에게 자기의 결혼을

---

* 뒹굴며.

알리기 부끄러워 그대로 숨긴 채였던가 봐요. 그는 기쁜 듯 여러 가지 결혼에 대하여서와 결혼 후에 대하여 이야기한 후 돌아갔습니다. 나는 몹시 슬펐습니다. 기뻐야 할 결혼을 앞에 두고 왜 그렇게 슬펐을까요……

나는 하나에 하나를 더하여 셋이란 답을 써놓고 왜 둘이라고만 긍정하려느냐! 하는 괴로움에 가슴을 짓찧었답니다.

아! 나는 그만 벌떡 일어나 성규 씨가 두고 간 그 청첩장을 온 방 안에 힘껏 내뿌리고 말았습니다. 그리고 그 위에 엎드려서 실컷 울었지요.

울다가 일어나니 아아! 그 소년이 창백한 얼굴로 손에 그 청첩장 한 장을 구겨 쥐고 벌벌 떨며 서 있지 않습니까!

나는 얼른 눈물을 닦고 바쁘게 웃는 얼굴을 지었답니다. 그리고

"기뻐해주겠지요? 이제는 실컷! 아니 한집에 살 수 있지 않아?"

하고 말했습니다. 내 가슴은…… 아니 당신께서도 상상하실 수 있으십니까? 나는 모순이라고 비웃으십니까? 결국 소년에게, 아니 우리는 연애를

하였던 것이라고 보십니까? 아! 아!

　아니랍니다. 나는 소년과 결혼한다고 치더라도 기뻐할 리 없습니다. 나는 이후라도 그런 꿈을 생각하지 않았어요. 그저 슬펐던 거랍니다. 소년은 입술을 깨물더니 나를 뚫어지게 바라보았어요. 그러고는 힘없이 주저앉더니 후, 한숨을 내쉰 후

　"흐응, 흐응!"

　하고 그의 버릇인 그 탄성을 내며 이윽히 고개를 숙이고 앉아 있었습니다.

　"아주머니…… 용서하세요."

　"흐음."

　그는 이윽히 고개를 내려뜨리고 있다가 벌떡 일어서서

　"아주머니, 나 까닭에 사랑하지도 않는 형님과 결혼하시렵니까? 나는 잘 알겠어요. 나는 아주머니를 잘 압니다."

　라고 부르짖듯 외쳤습니다. 나는 그대로 무표정한 얼굴로 꼭 서 있습니다.

　"아주머니……"

　소년은 두 번 더 부르지 못하고 그 자리에 넘어질 뻔하다가 겨우 고쳐 서서 밖으로 나가버렸습니

다. 나는 멍하니 선 채 아무 생각도 나지 않고 괴롭지도 서럽지도 답답하지도 않은 무상무념의 상태였습니다.

그 후 소년의 자취는 사라졌습니다. 나는 그대로 감각을 잃은 사람처럼 날을 보냈습니다. 그러자 결혼식 날이 다가왔어요. 그 전날 밤을 꼬박 방 가운데 선 채 새우고 난 나는 날이 새자 대문 밖으로 나오고 싶은 충동에 못 이겨 대문을 나섰습니다. 바로 대문 밖은 좁은 길이 있고 그 길에 평행하여 개천이 흐릅니다. 그 개천을 나는 내려다보았습니다. 그 못에 물이 깊다면 나는 금방 뛰어들고 싶었어요. 그러나 높기만 하고 물은 조금씩 흐르고 있을 뿐이었어요. 나는 이윽히 개천 둑에 서 있었습니다. 가슴이 적이 평온한 것 같았습니다.

"아주머니……"

나는 고개를 번쩍 들었지요. 아, 나를 부르는 그 음성……

나는 개천 저편 둑에서 나를 향하여 걸어오는 소년을 바라보자

"아."

소리를 치고 앞으로 내달았어요. 소년도 두 손

을 앞으로 내밀고 내달았어요. 우리는 그 순간 모든 것을, 모든 것을 다 잊었고 다 초월했답니다. 그 찰나에 우리의 괴로움도 번뇌도 다 사라지고 없어졌답니다.

아! 그러나 그다음 순간 우리 두 몸은 개천 한가운데 떨어져 있었던 거랍니다. 그와 나는 그 순간 우리 사이에 있는 그 개천을 잊어버리고 그 개천 위를 내달렸던 것이었던가 봐요. 우리는 다 함께 까무러쳐서 인사불성에 빠졌던 거랍니다.

그리하여 둘이 함께 구원을 받아 응급치료를 했으나 나는 늑골 한 개를 부러뜨렸고 소년은 가슴에 타박상을 입었으나 별로 상한 데는 없었답니다."

나는 더 듣고 있을 수 없었다. 그 찬란하던 노을도 이제는 거의 사라지고 어둠이 우리를 감싸오고 있었다. 나는 여인을 바라보았다. 그는 눈을 내리깐 채 잠잠히 입을 다물고 있을 뿐이다.

"아, 하."

나는 길게 한숨을 쉬고 여인을 위로하려 했으나 그는 조금도 움직이지 않으므로 내 가슴은 더욱 갑갑하였다.

"보세요. 이것은 얼마간 간수하여 주세요. 필요
를 느낄 때가 있을 것입니다."

하며 그는 단단히 봉한 봉투 한 개를 나에게 주
었다. 나는 말없이 받아 들며

"집으로 갑시다. 가서 더 이야기하세요."

하고 먼저 일어섰다. 여인은 잠깐 머뭇거리다가
단념한 듯 일어서 내 뒤를 따르는 것이었다.

그날 밤에 달은 몹시 밝고 서늘하기도 하여 나
는 그 여인과 더불어 뜰 가운데 평상을 내놓고 다
시 이야기를 계속하였다.

그의 이야기를 들으니 그는 개천에 떨어진 후 그
길로 병원으로 실려가 삼 개월간이나 입원하여 겨
우 거동하게 되자 어느 날 아무도 모르게 병원에서
도망하여 나왔던 것이었다. 물론 병원은 성규의 병
원이 아니었다. 정규 소년은 제 몸이 나은 후는 날
마다 남의 눈을 피하여 찾아왔으나 여인은 그가 찾
아오는 것이 괴로워 달아났던 것이라 하였다.

여인과 나는 그 밤에 좀처럼 잠을 이루지 못한
채로 그가 병원에서 빠져나온 후 오늘까지 몸을
숨겨 깊은 산골과 인적 없는 벌판을 헤매며 그래
도 씻지 못할 괴로움을 씻으려 괴로움과 싸우는

이야기를 하다가 나는 잠이 들어버렸다.

얼마를 자다가 나는 문득 잠이 깼다. 달그림자에 베개에 턱을 얹고 하염없이 눈물짓는 여인의 얼굴을 보았다.

"주무세요."

하고 나는 위로하듯 말을 건넸다.

"네……"

여인은 조용히 눈물을 씻고 누웠다.

"보세요. 당신은 왜 그다지 그 귀한 일생을 눈물 속에서 썩혀버리시렵니까?"

나는 가슴에 가득한 말을 어떻게 무엇이라 표현할 수 없어 이렇게 말해보았다.

"네, 저 역시 내 삶이 귀한 줄 압니다. 그러기에 자살을 하지 않는 거랍니다. 나는 항상 내 손가락 하나를 희생하여 천 사람의 생명을 구할 수 있다 하더라도 선뜻 내어주지 못할 만치 내 몸을 중히 여겼어요. 나는 기어이 재혼을 해야 될 처지였고 그 많은 사나이들의 간절한 구혼이 있어도 그대로 내 고집대로 살아왔어요. 내 스스로가 결혼이 필요할 때까지 나는 누구가 무어라고 말해도 끄떡도 하지 않은 성질이었어요. 그렇지만, 그렇지마는

189

이제는 내 그 귀한 생명을 바쳐서라도 그 소년을 위하려는 거랍니다. 내 마음이 이러한 결심을 하게 되는 날부터 행복했고 위로받을 수가 있고 해결이 되는 것이었어요. 나는 이름 없는 슬픔에 잠겨 산속을 헤매다가 문득 느낀 바가, 즉 나는 그 소년을 위하여 생명을 던지리라는 것이었어요. 내 괴로움의 실마리는 이 결심으로써 풀어진 거랍니다. 이제는 흐르는 눈물도 행복된 것 같고 괴로운 환영도 나에게 즐거운 듯합니다. 위로가 되어요."

여인은 길게 한숨을 지었다.

어디서 새벽 닭 우는 소리가 들려오며 내 눈에서 한 줄기 눈물이 흐름을 깨달았다.

《여성》, 1939년 11월~1940년 2월

최진영

최진영은 사랑을 믿고, 사랑을 쓰는 작가다. 한 인터뷰에서 "자신이 사랑하는 것에 대해서는 용감해지는 사람들을 이야기하고 싶었다"고 말한 그대로다. 그들은 『해가 지는 곳으로』의 등장인물들처럼, 자신이 가장 원하는 것을 얻기 위해 끝없이 질주하는 존재들이고, 어떠한 위험과 고난도 감수하는 존재들이다. 최진영은 세상이 멸망하는 그 순간에도 결국 남는 것은 사랑임을 보여주었다.

1981년 눈이 많이 내리던 날 서울에서 태어난 최진영은 유년 시절 경상북도 영주, 강원도 태백, 경기도 평택 등지로 이사를 다녔다. 혼자 있기 좋아하는 조용한 아이였던 그는 매일 일기를 썼고, 자주 염세적이고 비관적인 생각에 골몰했다. 힘든 감정이 치미는 날엔 어김없이 글로 풀었다. 지금도 자신을 괴롭히는 문제가 생기면 쓴다. 쓰다 보면 생각지도 않았던 문장이 튀어나왔고, 정체를 알 수 없는 문제들의 답도 절로 찾아졌다. 덕성여대 국문과에 진학하고 대학을 졸업하면서는 소설을 썼다. 2006년, 자신이 쓰는 게 과연 소설일까 궁금해 응모한 《실천문학》 신인상에 당선되면서 데뷔했다.

*   *

부모의 학대로 집을 뛰쳐나온 소녀의 눈을 통해 현대 사회의 어둠을 서늘하게 묘사한 『당신 옆을 스쳐간 그 소녀의 이름은』은 제15회 한겨레문학상을 받았다. 박범신, 공지영, 황현산 등 심사위원들의 만장일치였다. 그 밖에도 1930년대부터 2011년까지 삼 대에 걸친 여인들의 수난사를(『끝나지 않는 노래』), 죽은 연인의 몸을 먹는다는 애도의 방식을 통해 처절한 사랑과 이별 이야기를(『구의 증명』), 정체불명의 바이러스가 세계를 뒤덮은 혼란 속 두 여자의 로맨스를(『해가 지는 곳으로』), 친족에 의한 성폭력 피해 여성의 일기(『이제야 언니에게』)를 썼다. 폭력과 억압, 슬픔과 허무 속에서도 사람들이 끝까지 살아내는 방식을 그려왔다. 사회에서 소외되고 배제된 이들이 자기 삶을 찾아가기를, 타인의 시선에 의해 자기혐오에 빠진 이들이 '사랑'이라는 가치를 바라보길 바랐다.

10년 넘게 소설을 쓰는 동안 최진영은 점점 더 소설이 좋아졌다고 한다. 더 잘하고 싶다는 마음도, 쓸 수 있다는 자신감도 생겼다. 사랑이란 그것을 믿는 사람들에 의해서만 생겨나는 가치라고 힘주어 말하는 작가. 최진영은 오늘도 사랑을 믿고, 또 사랑을 쓴다.

소설

*

우리는 천천히
오래오래

　편의점 계산대에 몸을 기대고 서서 투명한 출입문 바깥을 바라봤다. 밤 열 시. 물류 트럭이 도착할 시간. 이 시간이면 늘 긴장이 됐다. 받은 제품과 수량을 체크하고 진열하다가 손님이 들어오면 계산을 해야 하는데, 그렇게 두 가지 이상의 일을 동시에 하는 경우, 그러니까 한곳에만 정신을 집중할 수 없는 상황에서 혹시 무슨 일이 일어나면 어떡하나 지레 걱정하게 되니까. 그동안 무슨 일이 일어난 적은 없지만…… 예컨대 이런 일은 있었다. 새로 들어온 김밥을 진열하던 중에 손님이 들어왔었다. 인기척을 느끼지 못했던 나는 진열을 마친 뒤에야 계산대 앞에 서 있는 손님을 발견했고 어서 오세요, 말하면서 재빨리 계산대 안으로 들어갔다. 손님은 차분한 목소리로 에쎄 체인지 두 갑과 라이터 하나를 달라고 했다. 담배 바코드를 찍으면서 손님의 얼굴을 잠깐 쳐다봤다. 모자를 눌러 써서 눈빛도 표정도 제대로 볼 수 없었다. 담배 판매에 연령 제한이 있어 신분증을 보여줄 수 있느냐고 물었다. 손님은 순순히 신분증을 꺼내 보여줬다. 편의점을 나설 때까지 손님은 한 번도 고개 들어 나의 얼굴이나 눈을 보지 않았다. 어둠 속으로 사라지는 손님의 뒷모습을 멍하니 바라보며 생각했다. 대체 언제 들어왔을까. 얼마나 기다린 걸까. 왜 나를 부르지 않았을까. 혹시 불렀는데 내가 못 들었나? 편의점 스피커에서는 (본사의 지시로 이십사 시간 틀어놓는) 최신 음악이 흘러나오고 있었다. 손님은 '그렇게 급할 것도 없지'라는 생각으로 내가 냉장고 정리를 마칠 때까지 느긋하게 기다렸을 것이다. '저기요'라는 말로 직원을 부르느니 그냥 자기가 기다리는 게 더 편하다고 여기는 사람일 수도 있었다. 그러니까 그건 나의 실수도 아니고 손님의 잘못도 아니고, 아무 일도 아니었다. 그러나 나는 거의 매일 다음과 같은 뉴스를 접한다. 중년 남자가 혼자 사는 여자의 집에 침입을 시도했다는 뉴스. 젊은 남자가 혼자 걷는 여

자를 따라가 성폭행했다는 뉴스. 낯선 남자가 공
용 화장실을 사용하고 나오던 여자에게 흉기를 휘
둘렀다는 뉴스. 그날 편의점 일을 마치고 집으로
돌아가면서 상상했다. 만약에 오늘 손님처럼 눈치
챌 수도 없을 만큼 조용하게 강도가 들어온다면?
냉장고를 정리하는 나의 등에 강도가 칼을 겨눈다
면? 계산대 안쪽에 서서 정면으로 강도를 맞닥뜨
리는 경우와 무방비하게 등을 보인 채로 강도를
맞닥뜨리는 경우는 매우 다른 결과를 낳을 수도
있다. 나는 강도에 맞설 수 있는 여러 방법을 구체
적으로 상상하다가, 그런 상상을 하고 있는 것 자
체가 너무 짜증나서 짧게 욕을 내뱉었다. 나의 상
상은 '하늘을 나는 코끼리'나 '노래하는 돌멩이' 같
은 종류가 아니다. 어딘가의 누군가에게 분명히
일어나는 현실이며 나에게도 일어날 수 있는 일이
고, 솔직히 그런 일을 겪어보지 않은 것도 아니니
까. 늦은 밤 나를 뒤따라온 낯선 남자에게 성추행
을 당한 적이 있다. 남자는 뒤에서 나를 껴안고 내
몸을 더듬었다. 나를 쓰러트렸고 어딘가로 끌고
가려고 했다. 지금까지 그런 일을 두 번 겪었다. 승
객으로 가득 찬 버스에서 내 엉덩이를 만진 남자

도 있다. 사람이 많아서 어쩔 수 없이 몸이 닿는 것과는 완전히 느낌이 달랐다. 깊은 밤 집으로 돌아가는 길에 미행당하는 것만 같아서 일부러 편의점에 들어가 컵라면을 먹는 척하며 시간을 끈 적도 있다. 나는 집으로 들어가는 현관 앞에서 늘 주변을 둘러본다. 누군가 나를 따라오지 않았을까, 순식간에 습격당하지 않을까 두려워한다. 나는 아직 그런 일로 죽거나 심하게 다치거나 성폭행을 당하지는 않았다. 그러므로 다행이라고 생각해야 하나? 이런 삶은 너무 부당하고 피곤하다.

물류 트럭이 정차하는 것을 보고 출입문을 열었다. 배송 기사님은 빠른 속도로 물류를 냉장고 앞으로 옮겨놓고 편의점을 나섰다. 이어 두 명의 손님이 동시에 들어왔다. 나는 재빨리 계산대 안으로 들어갔다. 먼저 들어온 남자가 말보로 미디엄을 달라고 말하면서 냉장고 쪽으로 걸어갔다. 나는 진열대에서 담배를 꺼내며 남자와 같이 들어온 여자를 봤다. 여자는 편의점 내부를 살피고 있었다. 남자와 일행 같지는 않았다. 뭐 찾으시는 것 있으세요? 여자에게 물었다. 잠깐 주저하던 여자가 주머니에서 핸드폰을 꺼내 액정을 켰다. 그때 요

란한 소리가 났다. 여자와 나는 동시에 소리가 난
쪽을 바라봤다. 냉장고 앞에 맥주 캔 하나가 떨어
져 있었다. 남자는 바닥에 떨어트린 캔을 줍지 않
고 냉장고에서 새것을 꺼냈다. 왼 팔뚝에 여덟 개
의 맥주 캔을 쌓아 올린 남자가 계산대로 걸어왔
다. 맥주 캔을 계산대에 올려놓으며 남자가 말했
다. 봉투도 주세요. 나는 계산대를 벗어나 냉장고
앞으로 가서 바닥에 떨어진 캔을 살펴봤다. 표면
이 구겨져 있었다. 그것을 들고 계산대로 돌아와
바코드를 찍으며 말했다.

　여덟 개 중 하나는 이걸로 계산하겠습니다.

　편의점에 남자와 나 둘뿐이었다면 나는 결코 그
렇게 말하지 못했을 것이다. 여자가 옆에서 지켜
보고 있었기에 가능했다. 남자는 빠른 속도로 변
명했다. 아, 그거 내가 주워서 다시 넣어놓으려고
했는데 손에 여유가 없어서. 지갑에서 카드를 꺼
내며 이어 말했다. 근데 아무리 그래도 바닥에 떨
어졌던 걸 손님에게 파는 것도 좀 그렇지 않나. 남
자가 계산대에 카드를 던지듯 내려놓았다. 카드를
집어 결제를 진행하고 말보로 미디엄 위에 카드를
얹어 남자 앞에 내려놓았다. 나의 얼굴을 빤히 바

라보던 남자가 눈짓으로 카드를 가리키며 시비 걸
듯 물었다.

이건 뭐지?

무슨 뜻인지 알 수 없었다. 남자는 카드를 집어
든 다음 손가락으로 담배를 툭, 튕기며 말했다.

난 이거 달라고 한 적 없는데?

맥주 가지러 가면서 말씀하셨는데요.

대답하면서도, 내가 잘못 들었나 하는 의심이
들어 나도 모르게 여자를 바라봤다.

내가? 난 그런 기억이 없는데?

남자는 어떻게든 나와 싸우고 싶은 것 같았다.
우리 둘을 지켜보던 여자가 입을 열었다. 저기, 나
도 들었는데. 그쪽이 담배 달라고 분명히 말했는
데. 남자는 하, 재수가 없으려니까, 하고 내뱉으면
서 뭔가를 과시하듯 왼쪽 오른쪽으로 목을 번갈아
꺾었다. 아니, 나는 담배 달라고 한 적이 없다니까,
중얼거리면서 남자는 사나운 눈빛으로 여자와 나
를 쳐다봤다. 기분이 좆같아서 여기 물건은 사고
싶지 않으니 결제를 다 취소해달라고 남자가 말했
다. 나는 남자에게 카드를 받아 바로 승인 취소를
진행했다. 남자는 더 싸우고 싶은 사람처럼 여자

와 나를 쳐다보며 혼잣말로 위협하다가 거칠게 문을 열고 편의점을 나갔다. 나는 남자의 뒷모습을 주시하면서, 내가 퇴근할 때 어둡고 외진 곳에서 남자가 나를 공격하는 상상을 했다. 편의점을 나서면 핸드폰을 손에 꼭 쥐고 있을 것이다. 남자가 나를 공격하면 핸드폰 모서리로 남자의 눈을 찌를 것이다. 필사적으로 찔러댈 것이다……. 하지만 나는 정말 이런 상상 따위는 하고 싶지 않다. 정신을 차리기 위해 눈을 번쩍 뜨고 계산대 위의 맥주를 정리하려는데,

저기.

여자가 핸드폰을 내밀며 나를 불렀다.

손님 중에 혹시 이런 사람 본 적 있어요?

핸드폰 액정에는 한 학생의 사진이 있었다. 어깨까지 내려오는 검은 머리카락. 말끔한 이마. 동그란 안경. 도톰한 코. 빨간 틴트를 바른 입술. 생활복 위에 덧입은 연보라색 후드 집업……. 아주 낯선 얼굴은 아니었다. 편의점을 드나드는 손님 중 한 명 같기도 했다. 나는 좀 더 유심히 사진을 봤다. 타이레놀과 대일밴드. 타이레놀과 생리대. 타이레놀과 에너지 음료. 자주 오는 편은 아니지

만 올 때마다 타이레놀을 사는 손님이 떠올랐다. 여자를 흘깃 쳐다봤다. 사진 속 얼굴을 알아보고 나니 '그렇다'고 말하기가 꺼려졌다. 중학생일 때 친했던 친구 K는 부모의 정신적 학대와 폭언 때문에 가출했었다. K의 집 앞에서 K를 기다리다가 K의 부모가 K에게 퍼붓는 폭언을 들은 적이 있었던 나로서는 K가 부모 아닌 다른 사람에게 보호받길 바랐다. K의 부모는 K의 사진을 들고 K를 찾아다녔고 K는 사흘 만에 부모에게 붙잡혔다.

　내 딸 친구예요. 꼭 찾아야 해서.

　여자는 내 마음을 읽은 사람처럼 말했다. 조금 전 나를 도와준 여자를 의심하고 싶진 않았다. 아이를 찾는 어른의 심정을 이해하지만…… 나에게도 경험이란 게 있고 아이가 자발적으로 사라진 경우를 생각하지 않을 수가 없었다. 나는 본 적 없다고 거짓말했다. 이후에라도 사진 속 학생이 편의점에 들르면 자기에게 꼭 연락을 달라고 당부하면서 여자는 내게 쪽지를 건네고 떠났다. 쪽지에는 '고순희'라는 이름과 전화번호가 적혀 있었다.

　이틀 지나 일요일 밤, 주말 아르바이트 장소인

펍에서 다시 순희 씨를 만났다. 순희 씨는 밤 열 시쯤 혼자 펍에 들어섰다. 운동복에 운동화 차림이었다. 테이블을 치우던 나는 단번에 순희 씨를 알아봤다. 순희 씨는 바의 가장자리에 앉아 생맥주 한 잔을 주문했다. 나는 생맥주와 스낵을 순희 씨 앞에 내려놓으며 인사를 건넸다.

안녕하세요.

순희 씨는 핸드폰에서 시선을 거두고 나를 바라봤다. 나를 알아보는 눈치가 아니었다. 편의점에서 만났던 일을 약간 수다스럽게 설명했다. 다양한 아르바이트를 겪으면서 느낀 건데, 일하는 장소에 따라서 성격도 조금씩 달라지는 것 같다. 편의점의 나보다 펍의 나는 행동과 목소리가 크고 감정 표현도 적극적이다. 평소보다 말도 많다. 타인의 말이나 행동을 두고 오래 생각하지 않는다.

그럼 편의점은 그만둔 거예요?

순희 씨가 물었다.

아뇨. 편의점은 주중 알바고 여긴 주말 알바예요.

순희 씨는 고개를 끄덕이며 맥주를 조금 마셨다. 홀의 중앙 테이블을 차지하고 앉은 네 명의 손님들이 자기들끼리 큰 소리로 욕을 주고받으며 웃

었다. 그쪽을 슬쩍 바라보며 순희 씨는 그들의 욕
에서 자기를 방어하듯 어깨를 움츠렸다.

쌍욕 주고받으면서 좋다고 웃는 거, 좀 기괴하죠.

순희 씨를 향해 몸을 기울이고 목소리를 낮춰
말했다. 순희 씨는 나를 보고 미소 지었다.

참, 그 학생은 찾았어요?

순희 씨는 고개를 끄덕이며 찾았다고 대답했다.
딸도 아니고 딸의 친구를 찾아다닌 이유가 궁금했
다고 조심스럽게 물어봤다.

그건 그 친구 프라이버시가 있으니까 자세히 말
하기는 그렇고…… 석희가 그 친구를 엄청 좋아해
요. 친구 찾겠다고 석희가 학교도 학원도 빠지고
밤늦게까지 돌아다니니까 나도 마지못해 찾아 나
선 거지. 그 애를 찾아야 석희도 예전으로 돌아갈
테니까. 근데 나는 석희 이해해요. 그 나이 때 나도
그랬거든. 친구가 최고였어. 친구가 울면 나도 울
고 친구가 웃으면 나도 웃고. 가족들이 하는 말은
다 맘에 안 들고 그랬지. 가족한테는 절대 안 털어
놓을 비밀을 친구한테는 다 얘기하고. 친구가 내
블랙박스였어요.

순희 씨는 자조하듯 웃으며 말을 이었다.

그때 친구들이 내가 했던 말이나 행동을 다 잊었기만을 바랄 뿐이에요.

딸 이름이 석희구나, 짐작하면서 물었다.

손님은 어떠세요? 친구들 비밀을 다 잊으셨어요?

순희 씨는 나의 질문에 살짝 놀라는 표정을 지었다. 잠시 생각에 잠겼던 순희 씨가 천천히 대답했다.

어…… 잊었죠. 나는 다 잊었어요. 친구들 비밀도 내 비밀도, 아무것도 기억나지 않아요. 그땐 비밀도 많았고 서로 지켜야 할 약속도 많았는데 지금은 비밀이랄 것도 없고. 인생이 정말 심심하고 한심해진 것 같아.

말끝에 한숨이 묻어났다.

하지만 손님은 방금 전에도 석희 친구의 비밀을 지켜주셨잖아요.

순희 씨는 미소 지으며 혼잣말처럼 중얼거렸다.

그렇게 말해주니 고맙네요. 석희도 그런 내 맘을 알아주면 좋을 텐데. 왜 나한테는 짜증만 낼까.

서로 욕을 주고받던 손님들이 출입문 밖으로 몰려 나가 담배를 피웠다. 고요해진 매장에 부드러운 재즈 음악이 맴돌았다. 순희 씨가 맥주 한 모금을 마셨다. 나는 순희 씨와 더 이야기 나누고 싶었다.

그런데 석희 이름 말이에요. 혹시 엄마 아빠 이름 한 자씩 붙여서 지은 거예요?

순희 씨는 놀란 표정으로 물었다.

어머, 그걸 어떻게 알았어요?

제 이름도 그렇게 지었다고 들었어요.

아, 정말? 근데…… 내 이름을 알아요?

편의점에서 쪽지 주셨잖아요.

아…… 그랬지. 잠깐 본 이름을 기억하는구나. 신기하다.

평소에 사람 이름을 잘 기억하는 편은 아닌데, 순희 씨가 펍의 출입문을 열고 들어오는 순간 바로 떠올랐다. 이름에 감정이 묻어서 그럴 것이다. 고마움과 미안함. 한편의 걱정 같은 것.

그러게요. 저도 좀 신기해요.

……그럼 나한테도 그쪽 이름 가르쳐줄 수 있어요?

저는 이정규요. 정규직 비정규직 할 때 정규.

내 말을 듣고 순희 씨는 웃었고 잠시 골똘한 표정을 지었다. 순희 씨의 그 표정, 무언가를 생각하는 표정에 나는 빠져들었다. 놀라는 표정과 잔잔한 미소에도. 오른 검지를 들어 보이며 순희 씨가 말했다.

그렇다면 엄마 이름에 '정'이 들어가는 건가?

나는 고개를 끄덕였다.

내가 엄마 이름 맞혀볼까요? 정희 님 아니면 정순 님. 맞죠?

엄마의 이름은 순정이었으나, 나는 정답이라는 듯 놀란 표정을 지었다. 사실이 중요하진 않으니까. 순희 씨의 미소가 보고 싶었으니까.

아빠 이름도 맞힐 자신 있는데, 이 정도만 할게요.

순희 씨는 의기양양한 표정으로 어깨를 으쓱거렸다. 담배를 피우고 들어온 손님들과 이어서 들어온 새로운 손님으로 매장은 다시 시끄러워졌고 음악은 파묻혔다. 나는 순희 씨에게 잠시만 기다려달라고 말한 뒤 새로 들어온 손님들에게 주문을 받고 서둘러 서빙했다. 내가 일하는 사이 순희 씨가 매장을 떠날까 봐 조바심이 일었다. 순희 씨 앉은 자리를 자주 쳐다봤다. 순희 씨는 조금씩 맥주를 마시며 그 자리에 계속 앉아 있었다. 나와 눈이 마주치면 미소를 보냈다.

다시 여유가 생겨 순희 씨 앞으로 갔을 때, 순희 씨는 내게 맥주 한 잔을 더 청했다. 잔 가득 맥주를 따라 순희 씨 앞에 두었다.

정규 씨, 쉬는 날은 언제예요?

순희 씨가 물었다.

그런 거 없어요.

하루도 쉬지 않아요?

네. 저녁에만 일하니까.

낮에는 공부하는구나?

어떻게 알았어요?

나는 다 알아요.

음…… 언니는 무슨 일 하세요?

손님이라고 부르고 싶지 않아서 생각해낸 호칭,
언니.

언니 말고 순희 씨라고 불러주면 안 돼요?

정말 그래도 돼요?

순희 씨는 상체를 내 쪽으로 한껏 기울이고 나
를 빨아 당기듯 바라보며 말했다.

그럼요. 정규 씨.

우리는 서로의 이름을 부르면서 지금 스피커에
서 나오는 음악 이야기, 최근에 본 영화 이야기, 좋
아하는 음식 이야기, 요즘 잠자기 전에 하는 생각
등을 두서없이 나누었다. 호감 어린 시선을 감추

지 않고 서로의 취향과 닮은 점을 탐색했다. 얼굴을 가까이하고 작은 목소리로 대화를 나누면서 나는 순희 씨의 눈동자를 내내 바라보았고 '매혹'이란 단어를, 책 속에서나 봤을 뿐 일상에서 사용해본 적 없는 그 단어를 떠올렸다. 당신 참 매혹적이에요, 라고 소리 내어 말하고 싶었다. 순희 씨가 맥주를 한 모금씩 넘기는 걸 보면서 나도 따라 꿀꺽 삼켜야만 했다. 마음에서 솟아오르는 찬사를. 섣부른 말들을.

순희 씨와 계속 대화하고 싶었지만 사장 눈치가 보였다. 맥주를 가져다주면서 몸을 순희 씨 쪽으로 바짝 기울이고 속삭였다.

지금 설거지가 너무 쌓여 있어서, 그것만 얼른 처리하고 다시 올게요.

주방에서 설거지를 하다가 몸을 쭉 빼고 순희 씨가 아직 있는가 확인했다. 순희 씨는 자리에 없었다. 나는 크게 실망했다. 나와 달리 순희 씨는 불편했던가, 재미없었나, 의례적인 대꾸였나, 내가 선을 넘었나, 생각하면서 허탈감에 빠졌다. 너무 수다스러웠던 내가, 자처해서 우스운 소리를 늘어놓았던 내가 원망스러웠다. 뭔가에 홀린 것만 같았다. 자책과 후회를 멈출 수 없었다.

손의 물기를 닦으며 주방을 나설 때, 그 자리에 앉아 있는 순희 씨를 봤다. 방금 전까지 이어가던 자책과 후회가 무색하게도 빠른 걸음으로 순희 씨에게 다가가 응석 부리듯 말했다.

잠깐 봤었는데 자리에 없으셔서, 가신 줄 알았어요.

아, 화장실 갔었어요. 맥주를 너무 많이 마셨나봐. 근데 밖에 비 오는 거 알아요?

창을 바라봤다. 유리에 빗방울이 맺혀 있었다.

우산 있어요?

순희 씨에게 물었다. 고개를 저으며 순희 씨가 내게 다시 물었다.

정규 씨는 몇 시에 퇴근해요?

두 시 마감이에요.

대답하면서 시계를 봤다. 퇴근까지 세 시간 넘게 남아 있었다. 순희 씨가 혼잣말을 했다.

그때쯤이면 그쳐야 할 텐데.

잔에 남은 맥주를 한 번에 들이컨 뒤 순희 씨는 아쉽다는 표정으로 말을 이었다.

더 얘기하고 싶은데 아침에 출근해야 해서…….

인사하려고 기다렸어요.

매장에 주인 잃은 우산 많은데, 빌려드릴까요?

괜찮아요. 이 옷 방수되거든. 그리고 나, 비 오는 날 달리는 거 좋아해요.

운동복에 달린 후드를 머리에 쓰면서 순희 씨가 말했다. 나도 비 오는 날 달리기를 좋아한다고 대꾸하고 싶었지만 말을 하려고 입을 열면 기다려달라는 말이 먼저 나올 것만 같았다. 저 퇴근할 때까지 기다려주면 안 돼요? 당신과 밤새 이야기하고 싶어요. 나는 말을 참았다.

순희 씨가 카운터에서 카드를 내밀자 사장이 웃으며 말을 걸었다. 오늘은 평소보다 많이 드셨네요. 나는 에스코트하듯 출입문을 열어주면서 물었다.

여기 단골이세요?

퇴근하고 집에 가기 전에 여기서 맥주 한잔씩 하거든요.

순희 씨는 내 손을 잡으며 다짐하듯 말했다. 우리 또 만나요, 정규 씨. 순희 씨의 손은 차가웠다. 뜨겁다고 착각할 만큼 차가웠다. 아니, 너무 뜨거웠던가? 순희 씨는 비 내리는 거리로 가볍게 뛰어나갔다. 멀어지다가 한 번 돌아봤고 내게 손을 흔들었다.

순희 씨가 앉았던 의자에 손을 올려봤다. 아직 온기가 남아 있는 것만 같았다. 방금 전까지 우리를 휘감았던 분위기를 곱씹었다. 우리는 긴장 속에서 흥분했고 서로를 뚫어져라 바라보며 무언가를 전하려고 했다. 나는 어떨 때 내가 그렇게 과열되는지 알았다. 순희 씨가 눈웃음으로, 그 눈동자로, 의도적인 침묵과 응시로 내게 전하려는 감정이 무엇인지도 알 것 같았다. 편의점에서 받은 순희 씨의 쪽지를 어쨌더라. 접어서 주머니에 넣었나. 쓰레기통에 버렸나. 거기 순희 씨의 전화번호가 있는데.

그리고 나는 순희 씨를 기다리는 사람이 되었다. 편의점에 손님이 들어오면, 편의점에 손님이 없으면, 물류가 들어오면, 나에게 시비를 걸고 싶은 손님을 상대할 때면 순희 씨를 떠올렸다. 순희 씨가 편의점에 들러주길 바라는 마음과 더는 손님과 직원으로 만나고 싶진 않다는 마음이 번갈아 들었다. 순희 씨는 아홉 시에 출근하여 여섯 시에 퇴근하는 직장에 다니겠지. 퇴근길엔 펍에서 맥주

한잔을 마시는 순희 씨. 당신 옆에 앉아 느긋하게 맥주를 마시며 이런저런 이야기를 나누고 싶지만 그럴 수가 없어요. 당신이 일을 마치는 시간에 나는 일을 시작하니까.

대학 졸업을 한 학기 앞두고 휴학했다. 낮에는 도서관에서 인터넷 강의를 듣고 문제집을 푼다. 지난달까지는 토익과 토익스피킹에 집중했다. 원하는 점수에 도달하지는 못했지만 이력서에 적어 내기에 나쁘지 않을 만큼의 점수는 확보했다. 토익에만 매달리는 게 불안해서 요즘은 MOS와 GTQ 자격증을 준비 중이다. 틈틈이 경제상식 문제집도 들여다보고는 있고. 휴학하는 동안 취업에 필요하다는 자격증을 최대한 많이 따놓겠다는 계획을 세웠는데……. 모르겠다. 불안감이 수시로 피어오른다. 어영부영 일 년이란 시간을 날려먹는 거면 어쩌지? 뭔가를 열심히 하고는 있는데, 내가 하는 것들이 정말 취업에 도움이 되는지 의문이다. 갈팡질팡하는 마음으로 도서관과 편의점, 도서관과 펍을 오가는 삶.

내가 원하는 건 취직, 월급, 적금, 월세에서 전세로. 근데 그런 걸 '원하는 것'이라고 말할 수 있나?

삶의 기본 조건 아닌가? 나도 언젠가는 내 명의의
자동차와 집을 가질 수 있을까? 십 년 뒤? 아니, 이
십 년 뒤? 이십 년 뒤라면 나는 사십 대. 요즘 사십
대는 어떻게들 살고 있나. 평균적으로, 집과 자동
차가 있나? 순희 씨는 몇 살일까. 중학생 딸이 있
으니 마흔은 넘었겠지. 순희 씨는 집과 자동차를
가진 사람처럼 보였다. 그런데도 순희 씨는 인생
이 정말 심심하고 한심하다고 했지. 어쩐지 약이
오른다. 나는 지금 심심할 틈이 없고, 한심할 때는
많다. 순희 씨와 이야기하고 싶다. 순희 씨의 심심
함과 한심함을 듣고 싶다. 순희 씨의 이십 대는 어
땠는지, 지금까지 어떻게 살았는지, 무엇을 가져
봤는지, 무엇을 잃었는지, 무엇을 더 원하는지 듣
고 싶다. '비 오는 날 달리기'를 언제부터 좋아했는
지 물어보고 싶다. 순희 씨도 나에게 물어보고 싶
은 게 있을까? 순희 씨도 나를 생각할까? 그렇다
면 나를 찾아오겠지. 순희 씨는 알고 있으니까. 매
일 밤 내가 어디에 있는지.

금요일 저녁에는 석희 친구가 편의점에 왔다.
같은 생활복을 입은 친구 두 명과 함께였다. 석희

친구와 친구들은 바나나맛우유와 빵과 초콜릿 등을 샀다. 석희 친구는 역시 타이레놀을 샀다. 석희 친구의 친구들 중에 석희가 있을 것만 같아서 두 명의 얼굴을 유심히 살펴봤다. 한 명의 눈매가 순희 씨와 비슷했다. 웃는 모습을 볼 수 있다면 더 확실히 알아볼 수 있을 것 같았지만 석희 친구와 친구들은 웃지 않았다. 무척 지쳐 보였다.

몇 시간 흘러 야간 아르바이트생과 교대할 시간, 그러니까 나의 퇴근 시간이 다가왔을 때 순희 씨가 편의점 문을 열고 들어왔다. 나와 눈이 마주치자 순희 씨는 미소를 지었는데, 어쩐지 서글픈 느낌이었다. 슬랙스 바지의 뒷무릎과 종아리 부분에는 하루 분량의 주름이 져 있었다. 순희 씨는 냉장고에서 맥주 두 캔을 꺼내 계산대로 가져왔다. 봉투에 맥주를 담아주는 내게 순희 씨가 물었다. 정규 씨, 혹시 밤새 일하는 거예요? 아뇨, 이제 퇴근이에요. 아, 그래요. 퇴근! 퇴근은 언제나 좋아. 웃으며 중얼거리던 순희 씨가 작은 소리로 박수를 치며 말했다. 그럼 우리 같이 퇴근하면 되겠다! 순희 씨는 조금 취한 것 같았다.

나란히 편의점을 나서며 순희 씨가 물었다.

정규 씨는 어느 쪽으로 가요?

나는 싱긋 웃으며 되물었다.

어느 쪽으로 가면 좋을까요?

순희 씨가 우울한 표정으로 중얼거렸다.

나는 회사랑 반대 방향이 좋아요. 근데 반대 방향에는 집이 있어.

왜요, 집에 가기 싫어요? 장난스럽게 물었다. 응. 집에 가기 싫어요. 순희 씨의 대답에는 장난기가 없었다. 그럼 집도 회사도 아닌 곳을 향해 걸을까요? 하고 물어보자 순희 씨는 다시 작은 소리로 박수를 쳤다.

고요한 거리를 천천히, 아주 천천히 걸었다. 나의 손등에 순희 씨의 손등이 여러 번 닿았다가 멀어졌다.

근데 나는 싫어할 집도 회사도 없어요.

집이 왜 없어요?

내 손을 잡으며 순희 씨는 아이처럼 물었다.

내 집이 아니니까요. 돈 주고 빌린 집이니까.

아아. 정규 씨 나이 때는 나도 그랬는데, 뭐.

내 나이를 알아요?

아뇨.

말해줄까요?

아뇨.

뭐든 다 안다고 했잖아요.

맞아. 나는 다 알아요. 다 알아서 다 몰라.

오늘도 펍에서 마셨어요?

아아뇨.

나와 마주 잡은 손을 앞뒤로 흔들며 순희 씨가 말을 이었다.

회식이 있었어요. 일 차로 해물찜을 먹고 이 차로 곱창을 먹었어요. 근데 사람들이 계속 소주에 맥주를 타서 먹는 거야. 난 섞어 마시는 거 딱 질색인데 나한테 묻지도 않고 계속 섞는 거야. 삼 차까지 가자는 걸 겨우 빠져나왔어요. 사람들이 정말 아귀처럼 먹는 거야. 계속 먹고 또 먹으면서도 배가 고프다는 거야. 근데 정규 씨, 아귀 알아요?

나는 고개를 끄덕였다. 허기와 갈증에 시달리는 아귀. 그들이 먹으려는 음식은 그들 앞에서 불꽃이 되므로 영원히 고통에서 벗어날 수 없다지.

억지로 웃고 마시면서 정규 씨 생각을 했어요. 그때 정규 씨랑 얘기하면서 마셨던 맥주가 너무 달았거든요. 오늘 술은 너무 역했어.

회사에서 무슨 일 있었어요?

무슨 일이야 매일 있는데, 오늘의 무슨 일은 무슨 일이었느냐면…… 하…… 나를 존나 드럽게 무시하고 갈구는 새끼가 승진을 했거든요. 승진 축하 회식이었거든요. 뭐 좋은 일이라고 축하까지 하고 지랄이야……. 그 새끼 퇴직하려면 아직 십 년 넘게 남았는데……. 내 인생 망했어. 매일매일 폭망이야. 망하고 또 망하는데 망하는 게 끝이 없어.

폭망, 폭망, 중얼거리면서 순희 씨는 비닐 봉투에서 맥주를 꺼내 따더니 두어 모금 마셨다. 같이 마실래요? 봉투에 하나 남은 맥주를 내밀며 순희 씨가 물었다. 걸음을 멈추고 맥주 캔을 땄다. 거품이 흘러넘쳐서 급히 입술을 갖다 댔다. 거품이 넘쳤을 뿐인데 순희 씨는 아주 재미난 장면을 본 것처럼 허리를 굽히며 웃었다. 순희 씨가 웃어서 나도 웃었다. 마흔 살 넘어서도 '존나 드럽게 무시하고 갈구는 새끼' 때문에 열받을 일이 있구나. 인생계속 망할 수 있구나……. 순희 씨를 만나면 물어보고 싶은 것이 많았는데, 어쩐지 모든 질문의 답을 들은 것만 같았다.

실컷 웃은 뒤 순희 씨는 다시 한숨을 쉬며 말했다.

즐거운 퇴근길에 우울한 소리나 하고, 미안해요.

나도 매일 하는 생각인데요, 뭐. 무슨 일 하는지 물어봐도 돼요?

아아뇨.

그럼 난 뭘 물어볼 수 있어요?

나는 조금 뾰로통한 표정을 지었다. 잠깐 생각에 잠겼던 순희 씨가 걸음을 멈추고 나를 바라보면서 말했다.

나 보고 싶었어요? 같은 질문?

바람이 불어 우리의 머리카락이 흩날렸다.

……보고 싶었어요?

아아뇨.

순희 씨는 장난스럽게 웃으며 대답했다. 그러면서도 나의 오른팔을 꼭 잡으며 가까이 다가왔다. 우리는 다시 같은 방향을 바라보며 천천히 걸었다. 이렇게 같이 걸으니까 참 좋다. 순희 씨가 혼잣말처럼 말했다. 무성한 나뭇잎이 바람에 흔들리는 소리가 들렸다. 길 건너 근린공원에 높게 솟은 플라타너스가 많았다. 저기로 갈까요? 순희 씨에게 물었다. 나도 그 생각 했는데. 순희 씨가 대답했다.

플라타너스 아래 벤치에 앉아 순희 씨의 옆얼굴

을 바라봤다. 취기가 사라진 것 같았고 지친 기색
도 조금은 지워진 것 같았다. 가로등 빛을 담아 반
짝이는 눈동자.

나, 우체국에서 일해요.

막상 대답을 듣고 나니 내가 그것을 그다지 궁
금해하지는 않았다는 생각이 들었다. 그리고 내
나이는, 하고 순희 씨가 말을 이었다. 괜찮아요. 나
는 순희 씨의 말을 막았다. 그런 건 비밀로 남겨주
세요.

비밀이요? 언제까지?

순희 씨가 물었다. 대답을 궁리하다가 문득 떠
오르는 노래가 있어 흥얼거렸다.

언제 언제까지나 최고가 되는, 언제 언제까지나
그날을 위해.

어, 그거······.

검지를 들어 보이며 잠시 생각하다가 순희 씨는
외쳤다.

포켓몬스터!

우리는 마주 보며 웃었다. 들고 있던 맥주 캔을
맞부딪혀 짠, 하고 두어 모금 마셨다.

고맙다는 말을 못했어요. 편의점에서 나 도와준 거.

내가요?

그때 옆에서 얘기해줬잖아요. 순희 씨도 들었다고. 손님이 담배 달라고 말한 거.

순희 씨는 고개를 끄덕이며 중얼거렸다. 맞아, 그랬었지. 그 새끼도 겁나 짜증나는 새끼였어. 지가 싼 똥 남이 치워주길 바라는 뻔뻔한 새끼들 너무 많아…….

순희 씨의 비속어는 참 귀엽다고 생각하면서 나는 소리 없이 웃었다.

그리고 나. 거짓말했어요.

거짓말? 나한테?

그때 보여준 사진 속 친구요, 석희 친구. 편의점에서 본 적 있거든요.

나는 사실대로 말하지 않은 이유를 차근차근 털어놓았다. 내 말을 들으며 고개를 끄덕이던 순희 씨가 나지막이 말했다. 그래, 그럴 수 있어요. 이해해요. 석희 친구도 어른들이 찾은 거 아니거든요. 친구들이 찾았지. 친구들 때문에 돌아왔지.

다시 바람이 불었다. 우리는 바람을 느끼면서 맥주를 한 모금씩 마셨다.

석희는 좋겠다. 순희 씨가 엄마여서.

석희는 그렇게 생각 안 할걸.

석희는 어떤 아이예요?

음, 뭐랄까……. 합당하게 싸가지 없는 청소년이랄까요.

합당하구나.

싸우면 늘 내가 지니까.

석희는 그렇게 생각 안 할 텐데.

순희 씨는 고개를 끄덕이며 웃었다. 우리 사이에 잠시 침묵이 고였다. 묻고 싶지 않았으나 물어보지 않으면 안 되는 것이 있었다.

순희 씨 남편은 어떤 사람이에요?

아, 남편……. 오랜만에 듣네. 남편 같은 거 없어요. 이혼했어요. 십 년 전에.

나는 숨을 크게 내쉬었다.

나 원래는 그림 그렸거든요. 서양화 전공하고 학원에서 애들 가르쳤는데, 이혼하고 석희 내가 키우려면 안정적인 직장이 필요했어요. 그림만 그릴 때는 몰랐는데요, 나한테 시험 머리가 있더라고.

시험 머리?

응. 9급을 한 번에 붙었잖아.

와. 대단하다.

그땐 몰랐죠. 상사로 어떤 새끼를 만날지······. 공무원만 되면 만사 해결될 줄 알았으니까요. 인생 정말 모르겠어. 이십 대 때만 해도 나는 평생 그림 그리는 재주로 먹고살 줄 알았어요. 결혼도 마찬가지야. 나는 내가 결혼을 원하는 줄 알았거든요? 근데 아니었더라고. 하고 싶어서 했다기보다는 할 때가 됐다니까 한 것 같아. 결혼하고 살아보니까 참을 수 없는 것들이 너무 많았어요. 아내니까, 며느리니까 당연히 해야 한다고 강요하는 것들. 사람들이 작당한 듯 모든 걸 나의 책임으로 넘겨버리는 거예요. 내가 자기 뜻대로 움직이질 않으니까 전남편은 그걸 핑계로 폭력을 썼어요. 쓰레기 짓 해놓고 남자들 흔히 하는 말 있잖아요. 내가 이러는 건 다 네 탓이다. 네가 나를 이런 사람으로 만든 거다. 자기 분을 이기지 못하고 때리고 부수면서 계속 내 탓을 했어요. 정말 구질구질했어. 드라마에 그런 설정 나오면 너무 뻔하다고 생각했었는데, 뻔한 그게 나한테 일어나니까 정신을 못 차리겠더라고. 어느 순간에 보니까 내가 정신 나간 사람처럼 혼잣말을 하고 있는데······ 마치 주문 걸듯이 내가 나를 경멸하고 비난하는 거예요. ······

최악이었지.

바람이 불어 순희 씨의 동그란 이마가 드러났다. 맥주를 한 모금 마신 뒤 순희 씨는 혼잣말처럼 중얼거렸다.

아주 흔해빠져서 다 아는 이야기 같은데도 막상 나한테 그런 일이 일어나면 정말 아무것도 모르겠더라고.

다 알아서 다 모른다는 순희 씨의 말이 떠올랐다. 뭐라고 대꾸해야 좋을지 알 수 없어서, 하지만 나의 마음만은 꼭 전하고 싶어서, 나는 순희 씨를 가만히 안았다. 순희 씨도 나를 마주 안으며 말했다.

괜찮아. 십 년 전 일이에요. 나는 승리했어.

순희 씨는 단단한 사람 같아요.

아니야. 그렇지 않아요.

그럼 순희 씨는 어떤 사람이에요?

음…… 심심하고 외로운 사람.

순희 씨, 있잖아요. 나도 비 오는 날 달리는 거 좋아해요.

안고 있던 팔을 풀고 순희 씨가 나를 바라보며 작게 환호했다.

일단 사람이 없어서 좋아요.

맞아. 살갗에 닿는 빗방울 느낌도 좋지 않아요?

몸이 완전히 젖는 그 느낌도 너무 짜릿해요. 상쾌하고.

운동화 젖을까 봐 조심하지 않아도 되는 것도 신나고.

맞아. 웅덩이를 피하지 않아도 되고. 일부러 웅덩이에 발을 구르기도 하고.

뛰면서 소리 지를 때도 있어요?

나는 고개를 끄덕이며 눈빛으로 되물었다. 혹시 당신도? 우리는 비밀을 나누는 사람처럼 눈빛을 주고받으며 웃었다.

혼잣말도 많이 하고. 주로 화를 내지.

울기도 좋고.

응. 울기에 딱 좋지.

화나고 우울할 때는 빗속을 달리는 우리들. 누군가를 위협하지도 괴롭히지도 않고 지칠 때까지 달리기만 하는 순희 씨와 나. 순희 씨의 눈동자를 지그시 바라보다 용기를 냈다. 아니, 순희 씨의 눈빛에서 용기를 얻었다.

물어보고 싶은 게 있어요. 순희 씨.

펍에서 느꼈던 긴장감이 우리를 둘러쌌다.

언젠가 순희 씨에게 키스해도 돼요?

순희 씨는 웃었지만 나는 웃을 수 없었다. 나의 진지한 표정을 보고 순희 씨는 흠, 하고 목을 가다듬은 후 물었다.

언제쯤 할 계획인데요?

근사한 데이트를 한 날.

오늘도 근사한데?

이렇게 말고요. 약속을 하고 만나는 거예요. 그럼 나는 나에게 있는 가장 좋은 옷을 입고 머리도 단정하게 하고 향수도 뿌리고 순희 씨를 만나러 갈 거예요. 우린 같이 영화도 보고 커피도 마시고 밥도 먹겠죠. 산책도 하고요. 드라이브를 해도 좋을 거예요. 아무튼 그날 나는 순희 씨에게 꼭 장미를 선물할 거예요. 헤어지기 전에 키스를 할 거고, 다음 데이트 약속을 잡을 거예요.

그런 계획을 다 말해주면 어떡해.

싫어요?

아뇨, 말만 들어도 설레는걸.

나랑 키스하면 기분 엄청 좋아질 거예요. 그건 자신 있어요.

키스를 잘하나 봐.

기대해도 좋아요.

있잖아요, 정규 씨. 나는 벌써 기분이 좋아.

순희 씨가 웃어서 나도 따라 웃었다. 내가 간절하게 원하는 건 바로 이런 것. 내가 좋아하는 사람이 나를 보고 웃는 것. 비슷한 마음으로 서로를 바라보는 것. 나에게 기쁜 마음을, 심심한 마음을, 힘든 마음을 이야기하는 것. 그 마음을 나눌 수 있다면 한 치 앞도 알 수 없는 인생을, 외롭고 불안한 하루하루를, 망하고 계속 망할 뿐이라는 평범한 삶을 기꺼이 살아갈 수 있다.

그럼 우리 내일 만날래요?

순희 씨가 물었다.

나도 가장 좋은 옷을 입고, 머리를 단정히 하고, 제일 아끼는 향수를 뿌리고 정규 씨를 만나러 갈게요.

따뜻한 바람이 우리 뺨을 어루만졌다. 천천히 다가갈 것이다. 오래오래 바라볼 것이다. 정성을 다해서 내 마음을 전할 것이다. 당신이 빗속을 달릴 때 나도 그 빗속에 있어요. 어딘가에서 나도 당신처럼 혼자 달리고 있어요. 홀로 달리고 있는 당신을 걱정하고 있어요. 심심하고 외로운 당신이 그 사실을 기억해주면 좋겠어요.

에세이

＊

절반의 가능성,
절반의 희망

'소설, 잇다' 참여를 결정하고 백신애 선생의 소설 「광인수기」 「혼명에서」 「아름다운 노을」을 읽었다. 1938년에 발표한 「광인수기」의 여성 화자는 시간적 배경을 현대로 바꾸어도 전혀 이질감이 없을 것 같았다. 소설의 도입부에 나오는 문장인 "나를 영 사람으로 여기지 않더라"에 밑줄을 여러 번 그으며 생각했다. 선생님, 저는 2022년의 사람입니다. 현재에도 어떤 자들에게 여성은 사람이 아닙니다. 여성을 무시하고 억압하려는 자들은 여전히 있습니다. 죄책감 없이 여성을 폭행하고 성을 착취하고 죽이면서도 자신의 극악무도한 범죄를 여성의 탓으로 돌리는 사람들이 있습니다. 성인 남성의 인정과 허락을 통과한 여성만이 사람이라고 주장하는 자들이 있습니다. 여성을 출산과 양육의

도구로만 여기며 모든 사회 문제를 여성의 잘못으로 뒤집어씌우는 자들이 있습니다. '성인 남성과 명예 남성'이 아닌 소수자들은 '성인 남성과 명예 남성'의 안락한 삶을 위해 희생하고 복종해야 한다고 생각하는 사람들이, 아직도 여전히, 이곳에 있습니다. 선생님.

1930년대 여성의 분노를 고스란히 이어받은 2020년대 여성의 광기 어린 이야기를 써볼까 생각했으나 시도조차 할 수 없었다. 소설이 아니라 분노를 쓸 것만 같았으니까. 인물과 사건과 배경과 스토리가 있는 소설이 아니라, 오직 나의 분노만이 외롭고 허무하게 홀로 존재하는 글. 꽃과 잎이 모두 떨어진 시들고 메마른 나무가 떠올랐다. 나를 잠식한, 깊게 팬 상처 같은 분노를 글로 쓴다면 그런 나무와 같은 글이 될 것 같았다. 나는 이제 절망이 두렵다. 비명을 지르고 발을 구르다가 결국에는 혼자 남는 인물을 보고 있기 힘들다. 시들고 메마른 나무에 물과 거름을 주는 글을 쓰고 싶다. 땅속의 뿌리를 상상할 수 있는, 살아남을 가능성을 보여주는 글.

1939년에 발표된 「아름다운 노을」은 선생의 유

작이자 마지막 작품이다. 아이가 있는 삼십 대 여
성과 십 대 소년의 사랑을 보여주는 이 소설에 나
는 깊이 매료되었다. 어떻게 변주하면 좋을까 생
각할 겨를도 없이 질주하듯 읽었다. 순희와 정규
의 생생한 감정에 빠져들어 금세 소설의 마지막
문장에 닿았다.

「아름다운 노을」에 성인 남성의 자리는 없다. 소
설 화자는 이야기의 전달자에 불과하고, 돈 많고
능력 있는 정규의 형은 평면적이고 보조적인 역할
이다. 여성 화자는 그의 말이나 행동에 아무 영향
도 받지 않는다. 그는 주요 사건에서 배제된 채 아
무것도 모른다. 이처럼 이야기의 진행과 흥미를
위해서만 소비되는 성인 남성은 과거 남성 화자
중심 소설의 여성 인물을 떠오르게 한다. 수십, 수
백 년간 주요하게 이어져온 남성과 여성의 역할을
완전히 뒤집어놓은 것 같은 인물 설정이다. 이 소
설의 주인공은 성인 여성과 미성년 남성이다. 지
금도 여전히 어떤 자들은 '사람이라고 여기지 않
는' 여성과 청소년의 로맨스라니. 백신애 선생이
활동했던 시절을 생각하면 정말 혁신적이고 과감
한 인물과 서사가 아닐까. 평생 여성운동에 헌신

하며 여성의 권리와 자유를 주장했던 사람이므로 쓸 수 있었던 글이라고 생각했다. 이 소설을 토대로 글을 쓴다면 분노를 잃지 않으면서도 조금은 자유롭게, 인물을 사랑하는 마음으로, 상황을 상상하는 즐거움을 추구할 수 있을 것 같았다.

나는 쓰고 싶은 글이 아니라 쓸 수 있는 글을 생각했다. 지금 나의 생각과 마음을 온전히 담아서 풀어낼 수 있는 이야기를. 순희와 정규라는 인물에게 깊이 빠져들었기 때문에 주인공 이름은 그대로 쓰고 싶었다. 현대를 배경으로 소설을 쓰려면 두 인물의 연령대를 바꾸는 편이 나을 듯했다. 1939년의 순희가 삼십 대 여성이라면 현대의 순희는 사십 대, 1939년의 정규가 십 대라면 현대의 정규는 이십 대가 어울릴 것 같았다. 자, 이제 사십 대 여성과 이십 대 남성의 로맨스를 써보자고 마음을 먹었는데…… 아무 그림도 떠오르지 않았다. 아니, 떠오르는 장면은 있었으나 그건 로맨스가 아니었다. 여자와 남자의 사랑 이야기를 생각할 때 지금의 나를 엄습하는 단어는 가스라이팅, 스토킹 범죄, 그루밍 범죄, 데이트 폭력, 교제 살인, 디지털 성범죄, 불법촬영, 이십 대 여성 자살

률……. 여자와 남자의 로맨스에는 위험한 요소가 너무 많다는 우려에서 벗어날 수 없었다.

모든 남자를 '잠재적 가해자'로 보지 말라고 분노하는 남자들 중에는 자기 가족이나 이성 연인에게 '늦은 밤에 여자 혼자 다니는 것은 위험하다'고 말하는 사람도 있을 것이다. 자기 또한 자기 아닌 모든 남자를 잠재적 가해자로 보고 있다는 사실을 모르고 '밤에 혼자 다니는 여자'에게 책임을 돌리는 사람들. 물론 위험하지 않은 남자도 있다. 아주 많을 것이다. 폭력을 사용하지 않고 불법촬영을 하지 않으며 상대가 원하지 않는 성관계는 시도하지 않고 이별 후 상대를 스토킹하거나 협박하지 않으며…… 근데 이런 건 당연한 것 아닌가. 그래도 많은 남자가 범죄를 저지르지 않고 있어, 라고 안도할 일인가. 나는 'N번방 참여자 26만 명'이란 문장을 잊을 수가 없다. 26만이란 숫자를…… 잊을 수가 없다. 정규를 남자로 설정한다면, 지금 나의 상태로 쓸 수 있는 장르는 범죄나 스릴러뿐이다. 하지만 나는 로맨스를 쓰고 싶었다. 사랑이란 가치를 지키고 싶었다. 사랑이 주는 다정함과 위안, 설렘과 따뜻함에 대해 쓰고 싶었다. 『해가 지는 곳으로』를 쓸 때가 떠올랐다. 도리와 지나의 사랑을 쓰면서 나는 사랑의 온기를, 사랑의 힘을 믿는 사람이 될 수 있었다. 여자와 여자의 사랑에 다시 기대고 싶었다.

「아름다운 노을」에서 순희가 두려워하는 것은 사랑이란 감정 자체다. 사랑해선 안 되는 대상을 사랑하고 있다는 괴로움. 아름답고 무구한 존재 앞에서 느끼는 고통. 나 또한 그와 같은 사랑의 속성을 알고 있다. 환희와 고통과 기쁨과 미움이 뒤섞여서 나를 반쯤 미친 사람으로 만드는 사랑이란 감정. 현대의 순희도 그런 감정을 잘 알 것이다. 십 대혹은 이십 대에 느껴본 그 감정을 사십 대의 순희가 다시 느낀다면. 강렬한 사랑과 금지된 욕망에 휘둘리며 괴로워한다면……. 그런 상상은 잘 이어지지 않았다. 여자가 여자에게 사랑을 느끼는 상황도, 사십 대와 이십 대의 사랑도 금지된 욕망이 아니며 파격적이지도 않으니까. 무엇보다 나는 현대의 순희에게 사랑의 혼란과 피로감을 주고 싶지 않았다. 직장과 가정에서 느끼는 피로감만으로도 벅찰 것 같았다. 순희에게 사랑은 편히 쉴 수 있는 의자, 상쾌한 바람, 따뜻한 입김 같은 것이길 바랐다.

강렬한 정념으로 독자를 끌어당기는 「아름다운 노을」에 비해 내가 변주한 인물은 평범하고 소탈하며 조금은 지쳐 있다. 현대의 순희는 사랑에 사로잡히지 않고 사랑을 거부하지 않는 사람. 사랑하는 마음을 반기는 사람. 사랑하는 마음으로 내일을 기다리는 사람. 그러니까 순희는 사랑에 자연스러운 사람. 정규는 섬세하고 조심스러운 사람. 사람을 경계하고 쉽게 믿지 않는 사람. 그러나 사랑에는 금방 빠지는 사람. 사랑에 빠지면 정성을 다하는 사람. 나는 낯선 두 사람이 서로에게 서서히 사로잡히는 과정을 보여주고 싶었다. 평범한 일상과 보편적인 고민 속에서 반짝 빛을 내는 사랑의 순간을, 그 빛에 마음을 비추는 장면을 쓰고 싶었다. 최근의 나에게는 그런 이야기가 필요했다.

그렇게 소설을 쓰던 중에 제20대 대통령 선거가 있었다. '구조적 성차별은 없다'면서 '여성가족부 폐지'를 공약으로 삼은 후보가 득표율 0.73%포인트 차이로 대통령에 당선되었다. 이십 대 여성과 이십 대 남성의 투표 성향은 극단적으로 달랐다. 이십 대 여성의 절반 이상은 'N번방 사건'을 처음 공론화한 박지현 씨를 디지털성범죄근절특별위

원장으로 영입한 후보에게 투표했다. 이십 대 남성의 절반 이상은 '여성가족부 폐지'를 선언한 후보에게 투표했다. 그러니까 이 나라 국민의 절반은 정말 성차별이 없다고 생각한단 말인가…… 아니야, 그래도 절반은 여성과 소수자의 현실을…… 나는 절망했다가 다시 힘을 내어 희망했다가 그냥 다 망했다는 생각에 쉽게 빠져버렸다. 그러면서 근대 여성운동가 백신애 선생의 소설을 변주한 글을 썼다. 힘을 내어 썼다. 따뜻하고 반짝이는 마음을 애써 떠올리며 문장을 이어갔다. 선생이 살았던 시대를 생각했고 내가 살아가는 현대를 바로 보려고 했다. 지금, 여성은 성차별을 말하고 남성은 역차별을 말한다. 여성은 남성에게 성범죄를 당하고 살해될까 봐 두려워하는데 남성은 여성이 자신들과 같은 대우를 받을까 봐, 취업의 경쟁자가 될까 봐 두려워한다. 이것이 과연 동일선상에 놓일 수 있는 두려움인가? 많은 사람이 다음과 같은 표현을 쓴다. '여성이 남성의 자리를 뺏는다'고. 자리의 주인은 원래 남성이라고 생각하는 것이다. 그들에게 여성의 자리는 어디 있는가. 정해진 주인은 없다. 원래 그런 것은 없다. 여성은 남성의 보조적 존재가 아니다.

그동안 내가 쓴 소설의 인물을 생각해본다. 폭력 가정을 탈출하고 진짜를 찾아 나서는 이름 없는 소녀. 두자에서 수선과 봉선으로, 은하로 이어지는 여성 삼 대. 살아 있을 가치가 전혀 없는 것 같지만 살아가기 위해 애쓰는 남자. 삶의 희망은 오직 서로뿐인 구와 담. 인류가 멸망하는 상황에서도 사랑을 놓지 않는 도리와 지나. 자살한 동생을 이해하고 싶은 금도. 제야, 오늘도 달리는 나의 이제야. 절대 같은 이유로 울지 않겠다고 다짐하는 태희. 그들의 이야기를 쓰며 나는 서서히 다른 사람이 되었다. 인물에게 일어난 일을, 그들의 생각을 문장으로 옮기면서 나를 돌아봤고 세상과 사람을 배웠다. 내가 쓴 인물의 편에 서서 이 세상을 바라볼 때 나를 휘감는 분노가 있다. 그리고 간절해지는 사랑. 절반의 가능성, 절반의 희망. 나는 언제나 그것에 기대어 글을 썼다. 절망하는 마음으로 글을 쓴 적은 있으나 절망을 전파하기 위해 글을 쓰진 않았다. 소설의 끝에 내가 전하고 싶은 건 언제나 희망이었다. 여기 이런 삶이 있어, 너희가 지우고 없애려는 우리가 있어, 우리는 더 나아질 거야, 그러니 우리를 똑똑히 봐, 우리는 여기 분명히 있어.

백신애 선생이 처음 작품을 발표했던 때가 1929년이니 선생과 나 사이에는 거의 백 년의 시간 차이가 있다. 그동안 세상에는 많은 일이 있었고 변한 부분도 많을 것이다. 하지만 선생의 분노와 나의 분노에는 별 차이가 없는 것 같다. 백 년을 사이에 두고 선생과 나는 같은 생각을 품고 소설을 쓰는 것만 같다. 여성을 비롯하여 소수자를 억압하는 가부장적 사회에 대한 분노와 공포.

나의 소설을 읽는 사람이 있으며 누군가는 나의 글에 공감하는 상황을 '기적'이라고 표현하고 싶은 마음을 나는 지금 꾹 참고 있다. 사회에서 소외되고 배제되는 사람들의 이야기에 공감하는 사람이 있다는 건 기적이 아니다. 그런 사실이 나를 일으킨다. 백신애 선생을 비롯한 많은 여성 작가들이 앞서서 글을 써주었기에, 지금도 함께 쓰고 있기에, 나도 지금 이런 글을 쓸 수 있다. 분노할 수 있다. 희망할 수 있다. 포기하지 않고 사랑을 말할 수 있다. 소설을 쓸 수 있다.

해설

＊

미친 여자들의 사랑의 실험

이지은
(문학평론가)

『우리는 천천히 오래오래』에는 제정신인 여자가 없다. 지쳐 있고 미쳐 있다. 남편의 외도를 목격하고 "빌어먹을 개새끼 같은 하느님"(16쪽)을 향해 넋두리를 퍼붓는 여자가 있는가 하면(「광인수기」), 가족들이 자신에게 "바라고 있는 바를 기어이 배반하여 버리려고, 아니 배반하고 말리라, 배반하여 버리지 않고는 안 될 일이라고 생각하고 있는 악마"(58쪽) 같은 여자도 있다(「혼명에서」). 또, 아들뻘 소년에 대한 열정을 주체하지 못해 "미쳤느냐!"(139쪽)라며 스스로를 다그치고 있는 여자가 있고(「아름다운 노을」), 빗속을 뛰면서 소리를 지르고 혼잣말을 하고 화를 내는 여자들이 있다(「우리는 천천히 오래오래」). 흥미로운 점은 여자들의 광기가 발생하는 근원에 사랑이, 배신으로 인한 절망

이든 매혹으로 인한 정열이든 사랑이 존재한다는
것이다. 좀 더 정확히 말하자면 세상이 정한 이름
으로는 다 담을 수 없는 감정의 에너지와 그것을
있는 그대로 느끼고 표출하지 못하게 하는 현실의
모순이 여자들을 미치게 한다. 그렇다면 여기에
실린 소설들을 규정할 수 없고 표출할 수 없었던
감정에 대한 여자들의 실험이라 명명해보는 건 어
떨까. 미친 여자들의 사랑의 실험.

*

우선 이 실험에 대한 이해를 돕기 위해 간략하
게나마 텍스트가 놓인 자리를 살펴보고자 한다.
백신애는 1908년 태어나 만 31세의 짧은 생을 마
감한 소설가로, 문학사에는 강경애, 박화성과 함
께 소위 '2세대 여성 작가'로 위치 지어져 있다. 백
신애 또한 사생활이 가십이 되고, 남성 문인 소설
의 모델이 되는 등 당대 신여성 작가들의 곤경을
경험하였다. 그러나 다른 한편으로 재력 있는 아
버지와 사회주의 운동가 오빠, 아들을 감옥에 보
내고 딸마저 잃을까 봐 내내 노심초사했던 어머니

와의 관계 속에서 열정적으로 여성단체 활동을 하고, 시베리아를 유랑하며, 결혼 강요를 피해 동경으로 유학을 떠나는 등 식민지 시기 여성으로서는 특별한 이력을 지니고 있기도 하다. 1929년 조선일보 신춘문예에 「나의 어머니」라는 소설로 등단하였으나, 한동안 작품 활동을 하지 않았으므로 백신애가 본격적으로 소설을 쓴 기간은 1934년부터 오 년 남짓이다. 이 책에 실린 백신애의 소설은 작가의 생애 마지막 작품들로, 세상이 함부로 떠들었던 이혼과 고통스러운 투병의 시간을 통과하면서 발표된 것이다.

그렇다면 백신애가 생의 마지막까지 열정적으로 탐구했던 것은 무엇이었을까. 먼저, 「광인수기」는 제목이 말해주듯 한마디로 미친 여자의 넋두리다. 주인공 '나'는 열일곱 살에 결혼하여 남편을 유학 보내고 혼자 시집살이를 견뎠다. 남편이 돌아와 살 만한가 했더니, 이번엔 사상운동을 한다고 부인의 애를 태운다. '나'의 기도가 통했는지 남편이 주의자 노릇을 그만두나 했는데, 이젠 다른 여자의 방에 앉아서 이런 소리를 하고 있다. "아내란 것이 나를 이해하지 못하고, 다만 나에게 맛있는 음식이나 먹여주고 옷이나 빨아주고 밤이 되면 야수 같은 본능만 아는 그런 여편네와 이십 년이란 세월을 살아왔구려. 아무 감격도 신선함도 이해도 없는 그런 부부 생활이었어요."(43~44쪽) 남편이야말로 먹이고 입히는 일의 고단함에 대해 너무나 무지각함에도, 도리어 자신을 염려해주는 아내의 마음을 무식한 여자의 소견머리로 폄훼해버린다. 그러니 '나'는 남편을 위해 치성을 드리던 하늘을 향해 욕지거리를 퍼부을 수밖에 없다. "내가 모두 팔자로 돌리고 좋으나 궂으나 좋다고만 하니까 아주 나를 바보로 아는 모양이지, 이 지경을 만드는 것을 보면……"(17쪽)

남편은 외도 현장에 들이닥친 아내를 미친 사람 취급하여 방 안에 꽁꽁 묶고 의사를 부르고 난리를 친다. 사람을 미치게 하고선 미쳤다고 야단이니 우스운 일이다. 마찬가지로 기가 막히고 속이 터지는 여자가 울다가 웃다가 한들 그게 무엇이 이상한 일일까. 세상 사람들은 '아녀자 행실'을 운운하며 빗속에서 넋두리하는 여자를 미친 사람 취급할 테지만, 정확히 따져보자면 '나'를 미치게 하는 진짜 이유는 '아녀자 행실'이다. 이 억압적 규범은 '나'로 하여금 그토록 긴 세월을 '궂으나 좋으나 팔자 탓'을 하며 참고 살게 만들었다. 가부장제는 여성의 다른 삶의 가능성을 박탈할 뿐 아니라 다른 삶에 대한 상상력까지도 억압한다. 그러한 까닭에 '아녀자 행실'이란 '나'를 억압하는 사회적 규범이면서, 동시에 '나'에게 내재화된 것이기도 하다. 아내/엄마의 역할이 버거우면서도 그것을 통해서만이 자신의 존재를 증명할 수 있다고 느낄 때, 여성은 가부장제에 종속되고 나아가 자신의 입장에 반反하여 가부장제를 수호하게 된다. 그러니 '나'는 자신의 노동과 정성을 한없이 요구하는 가정을 남편처럼 쉽사리 내팽개치지 못한다. 이는 여자들을 둘러싼 현실적 구속 탓이기도 하고, 밖으로 나도는 남편의 몫까지 돌봄의 노동과 마음을 쏟은 탓이기도 하다. 따라서 여자가 정말로 미치는 때는 남편의 배신을 알게 된 순간이 아니라 자식들이 걱정되어 남편이 있는 집으로 발길을 돌리는 바로 그 순간일 것이다.

에라, 집으로 가야겠다……
누가 너희들을 보호할꼬……

비는 왜 이리도 많이 오노……

비를 노다지 맞고 가면 모두 나를 미쳤다고 하지

않을까……

(53쪽)

「광인수기」의 광기가 가장의 배신과 그럼에도
불구하고 가정에 붙들리는 아내/엄마의 처지에
서 발생하고 있다면, 「혼명에서」와 「아름다운 노
을」에서는 사랑하는 대상을 향한 걷잡을 수 없는
에너지에서 광기가 엿보인다. 「혼명에서」의 '나'는
반복되는 우연으로 S에 대한 강렬한 흠모의 마음
을 품게 된다. S를 향한 '나'의 범람하는 독백이 바
로 이 소설이다. 그런데 '나'의 독백을 따라가다 보
면 그녀의 열띤 마음이 연애 감정에만 머물러 있
지 않음을 알 수 있다. '나'는 S를 동지이자 멘토로
여긴다. 오히려 S가 '나'에게 "열렬하던 용기와 의
기"(78쪽)를 다시금 북돋워주고, 삶의 방향을 일깨
워주기에 사랑을 느끼는 듯하다. 이는 그만큼 '나'
가 예전의 신념을 잃고 침체된 상황에 처해 있음
을 의미하기도 한다. 「혼명에서」는 백신애가 죽기
전에 발표한 마지막 작품으로, '나'가 투병 중이라

는 점이나, 이혼으로 인해 괴로워하고 있다는 점이 작가의 전기적 사실과 일치한다. 특히 "나에게 아름다운 보물"(71쪽)이 되길 바라는 가족과 "나를 이해해주려고는 생각지 않"고 "다만 끝없이 사랑할 줄만" 아는 "어머니의 눈물"(73쪽)은 사회주의 여성단체에서 열렬히 활동하며 "수천의 군중을 향하여 사자후하던"(82쪽) 백신애에게 평생 동안 내적 갈등을 유발한 문제였다.

그렇다면 「혼명에서」에서 주목해야 할 점은 백신애가 생의 마지막까지 신념과 의지를 되찾아 불태우려 했다는 것, 무엇보다 그 정열을 '사랑'이라는 형식을 빌어 점화하려 했다는 것이다. 이 소설에 나타나는 신념과 결합된 사랑('신념-사랑')은 타인을 통해 완성되는 세속적인 사랑의 형태와는 거리가 멀다. S는 '나'에게 내년 봄까지 신념을 실행해가는 삶에 관해 연구하여 다시 만나자고 약조한다. '나'는 S를 처음 만난 후 건강 회복의 방도를 찾아 나섰고, 세 번의 만남 후에는 '나'에게 S가 '힘'이며, 그 힘이 신념을 일깨워주었다고 확신한다. "그때 당신에게 말할 결론이 이 밤에 나타났어요. 그리고 나는 내가 취할 바 길을 분명히 알아냈습니다./ 나에게도 신념이 생겼습니다."(94쪽) 또, 평생 어머니의 사랑 앞에서 감사와 속박을 동시에 느꼈던 '나'는 드디어 신념과 어머니의 사랑을 화해시키는 법을 깨닫는다. "나에게 끝까지 행복하고 안일을 바라서 우는 어머니! 그에게 내 삶을 내 스스로 파악하고 굳세게 살아가며 어느 때나 용감하게 보임으로써 비로소 안심과 만족을 얻도록 할 것이어요."(97쪽)

'나'는 S와 약조한 삶의 개조를 성실히 수행하면서 그와의 재회를 고대하지만, 봄을 목전에 둔 이월의 마지막 날 S의 부고를 받는다. 그러나 S와의 재회가 불가능하게 되었다고 해서 '나'의 사랑이 실패했다고 섣불리 판단해서는 안 된다. S를 향한 '나'의 마음은 단순한 연정이 아닌 '신념-사랑'이었고, 이는 S와의 재회를 준비하는 과정에서 이미 달성되었기 때문이다. S를 향한 사랑을 통해 "나에게도 신념이 생겼"고, 이것은 S의 죽음도 앗아 갈 수 없다. "나는 당신이 두고 간 그 맹렬하던 의기의 한 조각을 내 죽는 날까지 놓을 수 없습니다. 나는 힘껏 틀어잡고 내 삶을 지탱해나갈 것이며 내 가는 길의 운전수를 삼겠습니다."(106쪽) 결국 「혼명에서」가 보여주는 '신념-사랑'은 "마침내 '나'에게 '나'를 가져다주"(62쪽)는, "잃어버렸던 나를 굳게 찾아 안고 울"(63쪽)게 하는 사랑이다. 이는 '나'가 이혼으로 인해 괴로움을 겪고 있다는 점을 상기할 때 더욱 의미심장하다. 정확히 말해 '나'의 괴로움은 이혼 그 자체에서 오는 것이 아니라, "이혼한 여자란 불명예를 회복시키라는"(72쪽) 주위의 강요에서 온다. 이때 사람들이 말하는 회복이란 결국 '얌전스런 여인의 행복'을 다시 찾으라는 것이다. 그러나 백신애는 생의 마지막까지 세상이 강요하는 '아내/엄마의 행복'이 아니라 "나를 속임 없이 가장 아름다운 양심으로 내가 뜻한 바 길을 매진"(98쪽)하는 '신념-사랑'을 갈구했다.

*

「아름다운 노을」에서도 결혼 제도 바깥에서 사랑을 갈구하는 여인 '순희'의 이야기가 나타난다. 순희는 아들 하나를 둔 올해 서른두 살의 과부인데, 재가를 하라는 부모님의 등쌀에 괴로워하고 있다. 여인의 아들은 시집의 가문을 잇기 위해 큰

어머니의 양자가 되었고, 그녀 자신은 외동딸이
기 때문에 친정의 가산을 물려받아야 한다. 순희
는 떠밀려 결혼을 하는 것도 마땅찮은데, 부모님
이 낙점한 신랑감도 마음에 들지 않는다. 그런데
진짜 문제는 억지 결혼보다 구혼자의 동생 '정규'
를 본 순간 "가슴이 전광을 만진 듯 기쁨에 일순간
마비된 듯"(123쪽)하였다는 데서 발생한다. 순희는
자신에게 구혼을 한 남자의 동생에게, 그것도 아
들보다 겨우 세 살밖에 많지 않은 소년에게 강렬
한 사랑을 느낀 것이다. 그러나 「아름다운 노을」이
그리고 있는 사랑 또한 그 의미가 단순하지 않다.
화가인 순희는 정규를 본 순간 "전생을 통하여 그
려보려고 욕망하여 왔던"(123쪽) 얼굴을 발견하였
다고 고백한다. 「혼명에서」의 정념이 '신념-사랑'
이었다면, 「아름다운 노을」의 욕망은 예술을 향한
열망과 결합된 '예술-사랑'인 것이다.

　사실 어린 연인에게서 예술적 영감을 발견하는
서사는 숱하게 반복되어 왔다. 그럼에도 「아름다
운 노을」이 당시에나 오늘날에나 파격적으로 읽
히는 것은 젠더 배치가 역전되어 있기 때문이다.
고대로부터 시인과 예술가에게 예술적 영감을 불

러일으키는 '뮤즈Muse'는 여신으로 표상되었다. 곧, 여성은 창작의 주체에게 영감을 불러일으키는 '대상'으로서만 빈번히 재현되었던 것이다. 그런데 「아름다운 노을」의 경우 예술가가 여성 화가로, 그녀에게 영감을 주는 대상이 소년으로 설정되어 있다. 그러다 보니 이 소설에서 '성인-여성-예술가'가 자신의 감정을 회피하는 방식도 흥미롭다. 순희는 "소년에 대한 생각을 무시하려고 시집이요 나의 아들이 있는 집을 향해"(139쪽)간다. 자신의 감정을 자문하기보다 "네가 어미냐!"라고 다그치고, "청정한 어머니"(140쪽)로서 자격을 잃지 않으려 노력한다. 그리고 순희를 향한 정규의 마음 또한 "어머니에게 만족하여 보지 못한 사랑을 찾는 것"(160쪽)이라며 스스로를 속이려 한다. 이는 사회적 규범이 금지하는 관계를 규범에 합당한 것으로 치환하려는 순희의 회피 전략으로 읽히는데, 자신을 속이려는 순희의 노력이 강하면 강할수록 역설적이게도 사회가 부여하는 삼십 대 여성의 정체성이 '어머니'에만 한정되어 있다는 게 선명하게 드러난다.

　백신애의 「아름다운 노을」이 뮤즈에 대한 새로

운 재현이었다면, 최진영의 「우리는 천천히 오래
오래」(이하 「우리는」으로 약칭)는 「아름다운 노을」의
변주다. 「아름다운 노을」의 서른두 살의 과부 순희
와 열아홉 살의 소년 정규는 「우리는」에서 각각 사
십 대와 이십 대 여성으로 다시 태어난다. 성인 여
성과 어린 남성의 관계가 여성 사이의 사랑으로
변주된 까닭은 최진영의 에세이 「절반의 가능성,
절반의 희망」에 밝혀져 있으니 여기에서 반복할
필요는 없을 듯하다. 다만, (성인) 남성과 (어린) 여
성 사이의 서사가 현실 안팎에서 무수히 반복되어
왔고, 그것이 차별적 성역할을 (재)생산하고 비대
칭적 권력 관계를 공고히 해왔다는 것, 나아가 이
러한 불평등한 관계가 '사랑'으로 오인되어 왔다
는 것만은 다시 한번 강조해도 좋을 듯하다. 곧, 오
늘날 우리에겐 사랑이라는 것 자체가 오염되어 있
어서 '서로에게 다정하고 위안이 되는' 사랑을 상
상하기가 쉽지 않은 것이다. 그리하여 최진영은
마음 놓고 "호감 어린 시선을 감추지 않고 서로의
취향과 닮은 점을 탐색"(210~211쪽)하는 설렘과 긴
장을 그리기 위해 여자들의 사랑을 선택했다. "여
자와 여자의 사랑에 다시 기대고 싶었다."(236쪽)

「우리는」은 낭만적인 사랑 이야기다. 순희와 정규는 세 번의 우연한 만남을 통해 서로를 향한 애정을 확인한다. 현실의 장력이 소거된 것은 "직장과 가정에서 느끼는 피로감만으로도" 벅찬 인물들에게 "편히 쉴 수 있는 의자, 상쾌한 바람, 따뜻한 입김"(236쪽) 같은 사랑을 선사하고 싶었던 작가의 의도 탓일 테다. 그런데 이와 같은 배려에도 불구하고 소설의 인물들이 현실적 문제로부터 완전히 자유로워 보이진 않는다. 순희와 정규의 삶은 1930년대에서 2020년대로 옮겨오면서 무엇이 변하고 무엇이 변하지 않았을까. 우선 가부장제 가족제도가 변하지 않았으므로 가정에서 여성의 역할과 지위 또한 크게 바뀌지 않았다. 「우리는」의 순희는 결혼 후 참아야 할 것이 너무 많았다고 토로한다. 부당한 것들이 강요되었고, 강요된 것들을 감내하지 않았을 때 남편은 폭력을 휘둘렀다. 순희의 말마따나 이건 정말 뻔한 이야기지만, 막상 그런 뻔한 일이 일어나니까 순희는 정신을 차릴 수 없었다고 한다. "어느 순간에 보니까 내가 정신 나간 사람처럼 혼잣말을 하고 있는데…… 마치 주문 걸듯이 내가 나를 경멸하고 비난하는 거에요."(225쪽) 이 지점에서 「우리는」은 비단 「아름다운 노을」뿐 아니라 백신애 소설 세 편이 공히 다루고 있는 결혼 제도의 여성 속박의 문제와 맞닿아 있다. 정신 나간 사람처럼 혼잣말을 하였을 순희에게서 「광인수기」의 여인을 떠올리는 것은 어렵지 않다.

한편, 2020년대의 여성 청년인 정규에겐 경제적인 곤경과 불안이 드리워져 있다. 정규는 졸업을 한 학기 앞두고 휴학을 했다. 그리고 현재는 낮엔 도서관에서 공부를, 저녁엔 편의점과 펍에서 아르바이트를 하고 있다. 소설에서 정규와 순희가 우연히 만난 장소도 모두 정규가 아르바이트를 하는 곳이다. 정규는 자신의 이름을 "정규직 비정규직 할 때 정규"(208쪽)라고 소개한다. '취준생' 정규가 비非-정규가 아닌 정규가 되려고, 정규가 되지 못할까 봐 불안한 나날을 보내고 있다는 서글픈 농담처럼 들린다. 그런데 정규의 일과를 따라가보면 청년의 경제적 곤경과 여성의 취약성이 중첩되어 있음을 알 수 있다. 가령, 물건을 진열하다가 손님의 기척을 알아채지 못했을 때, 이는 손님이 부르는 소리를 못 들은 탓일 수도 있고, 손님의 배려 때문일 수도 있다. "그건 나의 실수도 아니고 손님의 잘못도 아니고, 아무 일도 아니었다."(198쪽) 그러나 매일 뉴스에 나오는 일들, 이를테면 중년 남자가 혼자 사는 여자의 집에 침입을 시도했다거나 낯선 남자가 공용 화장실에서 여자에게 흉기를 휘둘렀다는 사건들을 떠올리면, 아무것도 아닌 일은 섬뜩한 사건을 아주 살짝 비켜난 다행처럼 느껴진다. 안전한 일터는 노동조건과 노동환경에서 만들어지는 것이지만, 여성 안전이 보장되지 않는 사회에서는 같은 조건에서도 여성이 더욱 취약할 수밖에 없다.

정규가 순희의 이름을 기억하게 된 것도 '여성-야간-알바'가 느끼는 위협에 순희가 의지가 되어주었기 때문이다. 어떻게든 시비를 걸고 싶어 하는 무례한 남자 손님으로 인해 정규가 곤란을 겪을 때, 순희는 목격자가 되어주었다. 어쩌면 순희 입장에서도 "지가 싼 똥 남이 치워주길 바라는 뻔뻔한 새끼들"(223쪽)이 지긋지긋하여 남의 일처럼 여기지 않았는지 모른다. 정규와 순희는 스무 살가량 나이 차이가 나지만, 동시대 여성이 겪는 일상화된 폭력에 공통 감각을 지니고 있고, 이것이 호감과 관심의 시작이 되었다. 반면, 순희에 대한 정규의 이끌림에는 윗세대 여성에게 기대고 싶은 마음이 포함되어 있다. 정규는 미래를 위해 주어진 조건에서 최선을 다하고 있으면서도 불안감에 휩싸여 있다. 이렇게 사는 것이 맞는지, 이렇게 살다 보면 삶의 기본 조건은 갖출 수 있게 되는지 알 수 없다. 그런 점에서 여성 청년이 처한 취약성을 이해하면서도 동시에 그 시기를 통과한 순희는 정규의 마음을 공감하고 다독여줄 수 있는 사람이다. "순희 씨의 이십 대는 어땠는지, 지금까지 어떻게 살았는지, 무엇을 가져봤는지, 무엇을 잃었는지, 무엇을 더 원하는지 듣고 싶다."(216쪽) 요컨대 정규와 순희의 사랑에는 여성의 자리에 대한 공감과 이해가 덧대어져 있다. 백신애의 「아름다운 노을」이 '예술-사랑'의 실험이라면, 최진영의 「우리는」은 '시스터후드-사랑'을 탐사하는 소설이다.

＊

우리가 만난 『우리는 천천히 오래오래』의 사랑들은 간단하게 요약되지 않는다. 「광인수기」에서

다시 집으로 발길을 돌리는 여인의 자식 사랑에
는 염려와 돌봄의 마음뿐 아니라, 원망과 서글픔
도, 어쩌면 속절없이 참고 견딘(견딜) 인생에 대한
보상 심리마저도 포함되어 있는지 모른다. 그런가
하면 「혼명에서」의 사랑은 곧 자기 자신을 찾는 일
과 맞닿아 있었고, 「아름다운 노을」의 사랑은 예술
에 대한 열망을 불러일으키는 것이었다. 다른 한
편, 세상이 아직도 '이상한queer' 것이라고 구별 지
으려 하는 사랑은 「우리는 천천히 오래오래」에서
가장 편안하고 평범한 얼굴로 나타난다. "내가 간
절하게 원하는 건 바로 이런 것. 내가 좋아하는 사
람이 나를 보고 웃는 것. 비슷한 마음으로 서로를
바라보는 것."(229쪽) 이와 같은 이끌림과 열정은
정상성의 규범 아래 단일한 의미로 정의되는 사
랑, 혹은 일상의 무감한 폭력과 차별 속에서 오염
된 사랑으로는 표현해낼 수 없다.

　그래서인지 소설 속 여자들은 자신의 감정을
잘 설명하지 못한다. 「혼명에서」의 여인은 S를 향
한 마음이 "연애 이상"이라 "그것을 무엇이라고
이름 짓는지 나는 알지 못"(99쪽)한다고 하고, 「아
름다운 노을」의 여인은 "소년을 그리는 연정이라

고는 부디 생각지"(166쪽) 말아달라고 거듭 호소를 한다. 이들은 자신의 감정을 '(기존의 사랑이) 아닌 것'으로밖에 설명하지 못한다. 그러니까 세상이 '연애'나 '사랑'이라 부르는 것을 초과하는, 그러나 무엇이라 명명해야 할지 알지 못하는 감정으로 말이다. 강렬한 에너지를 지님에도 명명되지 않는 사랑의 존재는 정상성에 억눌린 우리 언어의 빈곤을 실감케 한다. 이 이름 붙일 수 없는 사랑을 구명하는 일은 언제나 실패로 돌아갈(돌아가야 할) 테지만, 이 실패의 조각들이 사랑의 의미를 더욱 다양하고 풍요롭게 만들 것만은 분명하다. 여자들의 사랑의 실험이 지속되어야 할 이유가 여기에 있다.

우리는
천천히 오래오래

초판 1쇄 2022년 12월 20일

지은이 백신애, 최진영
펴낸이 박진숙 | **펴낸곳** 작가정신
편집 황민지, 김미래 | **디자인** 나영선 | **마케팅** 김미숙
홍보 조윤선 | **디지털콘텐츠** 김영란 | **재무** 이수연
표지 및 본문 디자인 석윤이
인쇄 및 제본 한영문화사

주소 (10881) 경기도 파주시 회동길 216 2층
대표전화 031-955-6230 | **팩스** 031-955-6294
이메일 editor@jakka.co.kr | **블로그** blog.naver.com/jakkapub
페이스북 facebook.com/jakkajungsin
인스타그램 instagram.com/jakkajungsin
출판 등록 제406-2012-000021호

ISBN 979-11-6026-298-8 03810